夢と戦争 「ゼロ年代詩」批判序説

山下洪文

未知谷
Publisher Michitani

序

言葉が凌辱されている。何処で？　誰によって？　本書はこの問いに答え、言葉を救う方途を見出すために書かれた。

「夢と戦争」は夢文学の系譜を辿り、現代の言語情況を考察し、また精神医学やアルチュセールの思想の再検討をおこなった。

「虚無の懐胎」は、ゼロ年代詩という異貌の領域に踏み込むにあたっての、準備的論考である。虚無の種子は、誰によって植えつけられたのか？　虚無を言葉として孵したのは誰か？　このことを考察し、ゼロ年代詩批判の歴史的根拠を探った。

「言葉の近親相姦」「煉獄とドラえもん」「〈始まりと終わり〉の終わり」「無の饗宴」では、ゼロ年代詩人を個別に取り上げた。外山功雄、岸田将幸、小笠原鳥類、中尾太一、白鳥央堂、蜂飼耳、和合亮一である。作品が優れているからではない。彼らの言葉は空虚であり、そこに時代の種子が絶えず流れ込んでいる。私たちはゼロ年代詩に、〈現在〉の一典型を見るのである。

「新たなる虚無へ」は、二〇一〇年代における詩のかたちを考察した。そこにあったのは、相も変わらぬ虚無であった。彼らはゼロ年代詩という虚無から歩き始め、二〇一〇年代詩という虚無に到達するのだ。

本書によって私は、二一世紀における現代詩の本質を発見しえたと思う。それは主体の潰滅であり、抒情の水平化であり、苦悩の不在であった。私たちは様々な死骸を目にすることになるだろう。だが、吐き気に耐えて歩かねばならない。私はこう書いた、「主体の骸には主体性のヒントが、抒情の骸には抒情性のヒントがあるはずだ」(「夢と戦争」)と。

この地点から私たちは、私たちの詩は、出立しなければならないと信ずる。

夢と戦争　目次

夢と戦争

「ゼロ年代詩」批判序説

夢と戦争

1　異界の変容　内田百閒、島尾敏雄、浮海啓

〈夢〉の世界で、私たちは〈言葉〉を奪われる。私たちが現に生きている世界は、〈言葉〉によって織りなされているものであるから、[*1]〈夢〉の世界は、根源的に現実世界と背反するものと言わねばならない。

〈夢〉のなかで手紙を書いたり、誰かと語りあうことはある。だが、それはそういった〈物語〉を演じているにすぎない。主体的に言葉を選択しているのではない。〈夢〉のなかで、私たちは〈夢〉の一部にすぎない。〈夢〉をみずから織りなすことはできない。

だからときに、〈夢〉は〈異界〉の入口でさえある。〈言葉〉がラカンやアルチュセールの言うように、人間的秩序の根幹だとすれば、〈言葉〉の失われた世界は人間精神以前の混沌の漂う領域に違いない。〈夢〉がかつて預言や啓示の意味を負っていたことも、ここから理解できよう。

だが、〈夢〉の意味もしだいに変容する。それは人間の内部に抱え込まれた〈異界〉が、時代とともに歪みを強いられてきたということに他ならない。本章で私たちは、「夢文学」の系譜を追いつつ、〈夢〉の、〈異界〉の、変容の過程を明らかにしよう。

内田百閒は『冥途』（一九二二年）『旅順入場式』（一九三四年）で、〈異界〉を文章化する試みをおこなっている。『旅順入場式』の「流渦」を見てみよう。

「私」は女が帰ってくるのを、「柱に凭れて」待っている。女はなかなか訪れない。「私」はいらいらし、「ひとりでに歯ぎしりをする様な気持」になるが、しだいに不可思議な変化が口のあたりにあらわれてくる。

口の中に指を突込んで見たら、柔らかな湿れた毛が、口の内一面に生え伸びていた。そうして、まだ段段伸びて来そうだった。（略）女が帰って来て、私に接吻しに来たらどうしようかと思った。すると又、急に女が今どこかで、何人かと接吻している様な気がした。すると又、咽喉の奥から、熱いものが出て来て、口の中の毛が少しばかり伸びた様に思われた。

やがて女はすがたをあらわす。誰かとの謎めいた逢引を終えた後らしい。女はいきなり抱きついてくる。「私」が怒ったと思っているようだ。女はますます「私」を抱きしめるが、ふいに悲鳴を上げ、襖の方に逃げ出してしまう。

私は夢中になって、女を呼び止めようとした。すると咽喉の所に何かつかえた様になって、犬が狼泣きをする様な声しか出なかった。（略）何時の間にか口の中の毛が伸びて、唇の両端から覗いた尖が、顎の辺りまで垂れていた。

ここで着目すべきなのは、〈変身〉という異様な出来事ではない。「私」の嫉妬妄想でもない。口のなかに毛が伸びて、声を発しても狼のような鳴き声にしかならないという、〈言葉〉の喪失体験である。

悪夢はなぜ怖いのか。不条理のなかに投げ込まれるからだろうか。みずからの行動さえ律しえない〈夢〉の支配力のゆえだろうか。そうではない。〈夢〉の情況を〈言葉〉にする――つまり自己の世界に取り込む――ことができないからである。

人間でない何者かに変わってしまう話（「件」「流渦」）と、人間でない何者かに追いつめられる話（「蜥蜴」「矮人」）は、じつはおなじタイプの想像力で構成されている。百閒の〈異界〉がもたらす恐怖は、〈言葉〉以前の世界へ連れ去られる恐怖なのだ。

さて「旅順入場式」において、百閒の〈異界〉は変容を遂げる。先述した諸篇は〈異界〉を〈言葉〉のなかに封じ込めた趣があるが、「旅順入場式」は〈異界〉が〈現実〉に滲出しているような不安な印象をあたえる。

大正天皇の銀婚式奉祝の日、「私」は法政大学に「旅順開城の写真」を見にゆく。真暗な講堂で活動写真（映画）を見ているうちに、「私」の意識は揺らぎ始める。

旅順を取り巻く山山の姿が、幾つもの峰を連ねて、青色に写し出された時、私は自分の昔の記憶を展いて見るような不思議な悲哀を感じ出した。

首を垂れて、暗い地面を見つめながら、重い綱を引張って一足ずつ登って行った。首のない兵隊の固まりが動いている様な気がした。その中に一人不意に顔を上げた者があった。空は道の色と同じ様に暗かった。暗い空を嶮しく切って、私共の登って行く前に、うな垂れた犬の影法師の様な峰がそそり立った。

「あれは何と云う山だろう」と私がきいた。

「知りません」と私の傍に立って見ていた学生が答えた。

映画を見ていたはずの「私」が、いつしか兵隊となって旅順の山を登っている。かと思うと、また講堂にいる。スクリーンのなかの〈異界〉は、〈現実〉を侵食する。

「旅順入場式であります」

演壇にさっきの将校の声がした。

暗がりに一杯詰まっている見物人が不意に激しい拍手をした。

私の目から一時に涙が流れ出した。兵隊の列は、同じ様な姿で何時までも続いた。私は涙で目が曇って、自分の前に行く者の後姿も見えなくなった様な気がした。辺りが何もわからなくなって、たった一人で知らない所を迷っている様な気持がした。

「泣くなよ」と隣りを歩いている男が云った。

すると、私の後でまただれだか泣いてる声が聞こえた。

拍手はまだ止まなかった。私は涙に頬をぬらしたまま、その列の後を追って、静まり返った街の中を、何処までもついて行った。

「私」は講堂にいるのか、旅順入場式に参加しているのか、一人で知らないところを迷っているのか、隣の男は学生なのか、兵隊なのか、一切は不分明になる。

なぜ〈異界〉と〈現実〉の境はかき乱されたのか？　それは戦争という〈物語〉が、〈夢〉の構造と近似しているからではないだろうか。つづいて、島尾敏雄の短篇「兆」（一九五二年）を見てみよう。

神呪巳一は「きっと何かきまりきった動きのとれないことが待ち構えているかも分らないという不安」を抱えながら、「ざらざらの砂ぼこりをかぶり白い道」を人々と歩いている。ふと所持品が気がかりになる。「そこ」に行けば、訊問があるに違いないと思う。

「君は何だ」「…………」

「之は何だ」「……のようなものです」
「なぜここに来たのだ」「……」
「どうしてそこへ行くのだ」「……」
「君は誰だ」「神呪巳一です」「なにい、カンノウミイチ?」

こんなやり取りを想像し、彼は恐怖する。すべて、どうということもない質問にすぎない。にもかかわらず、彼は答えられない。答えないことによって、質問の深層的な次元が開示される。

巳一は「君は何だ」「之は何だ」という問いに口を閉ざすが、「君は誰だ」という問いにははっきりと答えている。これは彼が〈世界〉を表層的なレベルでしか了解できず、その本質から疎隔されていることを示唆している。彼の体験する世界には、「未知の領域がいつも立ちはだかり、不安のざわめきが瀰漫している」。何一つはっきりした感じがしない。世界は不動性から解放され、異貌をあらわしつつある。

未知への不安と、にもかかわらずそこへ行かねばならないという宿命的な感覚は、〈夢〉のあたえる典型的な印象の一つである。〈夢〉の世界で、私たちはある必然性に呪縛される。判断や懐疑の能力を失い、〈夢〉の織りなす物語に、自己もまた織り込まれてゆく。逃げ道は残されていない。

目覚めている人間にとっては、もし世界から超然としたいと思えば目を閉じるという方法が残されているが、これに反して、夢をみている人には、自分をとらえて離さぬ呪縛から逃がれようとしても、目を開くという方法は残されてはいない。

（カイヨワ『夢の現象学』金井裕訳）

逃避の不可能性と能動性の喪失において、〈夢〉は戦争に似ている。廣松渉はつぎのように述べる。

昭和の初年には日米戦争の将来的不可避性ということが絶対確実な既定の事実として人々に意識されていた。当時の常識では戦争というものは謂わば自然法則的な必然であって、特定の一国が世界支配を達成するまでは、永久に繰返されるものと思い込まれていた。

（『〈近代の超克〉論　昭和思想史への一視角』）

帝国という〈物語〉は、〈夢〉のように人々を支配した。島尾敏雄において、戦争体験と夢文学が結びあっているのは、戦時下の人間精神と〈夢〉のなかのそれが、酷似しているからに他ならない。

〈夢〉の世界に、能動性は存在しない。正確に言えば、能動性すら〈夢〉の筋書きにすぎないのだ。

女を犯そうとする「外国人」を、巳一たちが止める場面がある。外国人は「そんなにやめてくれというのなら、やめてやろう」と、あっさり女を解放する。一団の勇気ある行為は、成果を結んだように見える。だが、じつはそうではない。この一連の出来事すらも、〈夢〉の物語に織り込み済みだったのだ。あらかじめ仕組まれた能動性など、受動性の変態にすぎない。

解放劇の後、「急にせきたてられた気持」になった巳一は、「右手をふり上げ」叫び出す。〈異界〉への反抗のシーンであるが、試みは無惨に蹉跌する。

「団結せよ、団結せよ」と叫んだ。
人々は彼を無視して通り過ぎた。
彼は又叫んだ。「団結せよ、団結せよ、今が大事なのだ、今この瞬間なのだ」
然し人々は薄笑いを浮べたまま、彼にかかわらないで前のままの方向に歩いて行った。

巳一は自分の叫びがうつろなのを知った。

巳一のアジテーションは、人々に容れられない。これは彼の唐突な叫びが、いわばエラーのようなものだったからだ。演説が終わると急に場面が変転するのも、その証左である。〈夢〉のなかで、ふいに音楽が鳴り響いたり、白光が溢れたりすることがある。外界の反映（目覚まし時計が鳴ったり、カーテンが開けられたり……）であることが多いが、これは〈夢〉にとって予期せぬ出来事なので、物語は中断・変更される。

巳一の不可解な行動は、この種のものと思われる。主体性をかけた叫びが、エラーとして処理され暗転してゆくのは、戦時における抵抗者の運命を暗示する。まことに、神を呪う蛇は一人しかいないのである。

巳一はおかしな行進をつづけ、あるいは「㈧兵器」に乗り込み、あるいは自宅で妻と諍いを起こしたりする。物語の背景は、荒涼とした場所から、しだいに戦後の日常風景へ移行しているように見える。〈抽象的な戦場〉→〈具体的な戦場〉→〈戦後〉への舞台の変化は、しかし彼に、安穏とした日常への復帰を約束するものではない。最初の行進に登場する「毛内」と「沢」は、第二の場面で「井伊」「山田」に変形する。つづいて「井伊」は「井戸川」に、「山田」は妻ともう一人の女「澄子」にかたちを変える。

毛内＝井伊＝井戸川は、主人公を見下ろしている印象をあたえる。彼は「父」なるものの化身なのだ。一方、沢＝山田＝澄子・妻は、一人では何もできない無能な人物として描写されている。こちらは無力な「母」の象徴であろう。妻がいままでと打って変わった傲慢さで巳一に逆らう場面で、小説は幕を閉じる。

この終幕は、井戸川と妻の内通を示唆している。「永遠なるパパ－ママ」（ドゥルーズ『批評と臨床』守中高明・谷昌親訳）は合一し、巳一だけが不条理の世界に取り残される。こうして戦争という〈異界〉は、巳一の内部に生きつづけ、彼を蝕みつづけるのだ。この〈異界〉

は、やがて『死の棘』の悪夢を現出させるだろう。

内田百閒は〈異界〉の言語化から、〈異界〉と〈現実〉の混濁というルートをとおった。島尾敏雄においては、戦場という〈異界〉が、戦後の日常をも浸食してゆく様子が見て取れる。ここで〈異界〉は、もはや彼岸でなく此岸に属している。大戦を経て人間と同化した〈異界〉は、今後いかなる運命を辿るのか？

本章の最後に、浮海啓の試作を検討しよう。『夢の軋み』（一九七七年）に纏められた諸篇は、やや拙いながら、現代の〈異界〉の運命を暗示するものとして興味深い。

> 僕がうとうとしはじめた頃、闇の奥の洞窟から僕に向かって集まってくるききおぼえのある声を聞いた。《おまえは何をしているのだあああ。》
> 「僕ですか。僕は――。」
> 僕は耳を押えた。声は奥から空気を裂いてきた。《おまえは何をしているのだああああ。》
> 「僕？　僕はいま。」
> 僕は答えられるであろうか。
> 《おまえは何をしているのだあああああ。》
> 「僕。僕はいま――。」
> 僕は半身を起こし枕元のスタンドをつけた。（略）窓の外は静かに白んできていた。

陽にまもなく昇るであろう。　　　　　　　　　　　　（「残光」）

この一節を神呪巳一の「訊問」と比較すると、すぐに明確な相違が浮かび上がる。訊問の内容は、巳一を他者に開示させるものだ。一方「残光」の問いは、自己確認の意味を帯びている。

「兆」においては内なる〈異界〉、すなわち〈夢〉の自律性に記述がゆだねられた。対して「残光」の作者は、〈夢〉に〈意味〉をあたえようとしている。「残光」のような〈夢〉を、人が見ることはありえない。なぜなら〈夢〉は、主体性も能動性もない幽暗の領域であり、自己確認をしようにも、そもそも「自己」など何処にもいないからである。だが「僕」のもとに声はとどく。この声は、浮海の学生運動体験から生れたものであろう。彼はそこに倫理的意味を見出している。

だが残酷なことに、〈夢〉に倫理はない。倫理も道徳も及ばない「下層知性機制」[*2]こそ、〈夢〉の原基である。吉本隆明が『夢の軌み』の解説で「ここからふたたびかれは明瞭な象徴の形になった倫理を抱いて出発しなければならない」と述べているのは、浮海の〈夢〉が〈象徴〉にまで貶められていることを感知したからであろう。

肯定的に見るなら、〈夢〉という聖域を侵犯する試みと言えるかもしれない。人間の手に負えない〈夢〉の流れから、どうにかして倫理を取り出そうとしたのかもしれない。だがその試みは、失敗に終わったと言うしかない。まさにそこでは、夢が軋んでいるのだ。

浮海の試作は、ある事態を予告している。不条理にみち、預言的な響きさえ帯びていた〈夢〉が、〈意味〉で埋め尽くされてしまうこと。そして消費の対象になること――〈夢〉は不透明な〈異界〉から、明瞭な〈意味〉に変貌を遂げた。その中点にいるのが、浮海啓である。神秘を纏うことも、記号化することもできない〈夢〉は、〈象徴〉になるしかなかったのだ。

私たちは三人の作家の軌跡を辿って、現代の〈異界〉の在り処を探ろうとした。〈夢〉=〈異界〉=下層知性機制の支配する領域こそ、無意識の原基であり、想像力の拠点と思われたからだ。

いま〈異界〉は、消費社会の〈夢〉に呑み込まれたように見える。だが〈異界〉を消滅させることはできない。〈異界〉は私たちの内部に、精神病や妄想といったかたちで存在しつづけるだろう。そして〈異界〉が言葉を獲得し、社会を侵犯するそのときこそ、夢文学の真の復活のときと言える。辺見庸が、夢野久作の「猟奇歌」を偏愛するのも(「幻夢をかすめゆく通り魔　夢野久作の歌といま」)、そこに世界像を混濁させる力を見出すからだろう。〈世界〉を混濁させること――これこそ、夢文学の使命である。〈世界〉がますます「堪え難い不動性」(ジャン=ピエール・ペテール、ジャンヌ・ファヴレ「動物、狂人、死」柵瀬宏平・慎改康之訳)のなかに閉ざされ、「個人の政治的可能性が消滅」(エンツェンスベルガー「意識産業」石黒英男訳)した現代においてこそ、夢文学の復権は求められる。〈夢〉と戦争の回路を奪還すること。これが、今後〈夢〉を文学的課題として追求する作家の、究極的モチーフと

2　夢、言葉、主体　詩は何処にあるか

〈夢〉と戦争の回路とは何か。私たちはいかにして、その主題に到達するのか。二つの原始的にして最後的な言葉を、繋ぎあわせるものは何か。〈夢〉と戦争が分かちがたく結びついた領域を、私たちは知っている。それは詩である。

詩の核心には、存在の根もとへと、原初の星雲的根源へと——個人的には幼年時代の記憶へと——さかさまに流れることを通さないと実現されぬ部分があり、そこでは（略）一種の逆流的前進がたえず行われざるをえないのだと思う。（西郷信綱「詩の発生」）

夢を特徴づける性質は、夢が幼年期の記憶を再活性化させ、それを頼りにしながら、現在の思考を組み立てなおすということである。（新宮一成『夢分析』）

前世が存在するという考えは前児童期の心理状態の投影です。ごく幼い子供たちは、まだ神話的な内容を意識しておりますし、もしこれらの内容があまりにも長期間意識

に留まると、その子供は適応不能に脅かされます。つまり、その子供は根元的な幻像《ヴィジョン》に留まっていたいとか、そこへ戻りたいといった絶え間のない憧れに取りつかれてしまいます。神秘家や、詩人はこれらの体験を美しく描いています。

（ユング『分析心理学』小川捷之訳）

詩、夢、そして「前世」について述べた三つの断片である。それぞれ「原初の星雲的根源」「幼年期の記憶」「根元的な幻像《ヴィジョン》」と名づけられているが、その本質はおなじものであろう。

詩が、〈夢〉が、原始的領域への侵犯であるとすれば、それはまた、ヘーゲルの言う〈世界の闇夜〉に踏み入ることに他ならない。

> ここに実在するものは夜であり、自然の内奥、純粋な〈自己〉である。幻影に充ちた表象のうちには、あたり一面の夜が存在しており、こなたに血まみれの頭が疾駆するかと思えば、かしこには別の白い姿が不意に現われてはまた消える。闇に浮かぶ人の姿に眼を凝らしても、見えるは闇ばかり。人の姿は深く闇にまぎれて、闇そのものが恐るべきものとなる。げに、世の闇は深く垂れこめるものなれば。

（「精神哲学草稿Ⅱ」加藤尚武・座小田豊・栗原隆・滝口清栄・山崎純訳、傍点原著）

そこでは〈夢〉と戦争が入り乱れ、一切は混濁し、しかも純粋である。私たちはこの場所を、〈夢〉と戦争の回路であり、原基であると見なしたい。だがそこは、現在どのように歪んでいるのか。そこへの道は何処が封鎖され、何処が解放されているのか。

本章で私たちは、〈以後〉でなく〈以前〉の領域に入ってゆくことにしよう。すなわち、〈夢〉の表層でなく深層へ。ジャンル的には、小説から詩へ。

ヤスパースは、ハッカーという人物の研究——夢日記を一年以上書き留め、夢の生活を現象学的に解き明かすことを試みた——を端的に纏め、夢の特性として三つの条項を挙げている。

一、覚醒時の精神生活にいつもある諸要素がなくなる。
二、精神的諸事象の間の関連が消失する。
三、新しい要素が現われる。即ち「夢の表象」である。

（『精神病理学総論』内村祐之・西丸四方・島崎敏樹・岡田敬蔵訳、傍点原著）

〈夢〉のなかで、私たちは「バラバラ」になる。自我がほどけ、〈夢〉の空間に織り込まれてしまう。その夢だけの秩序が構成され、実存はそのただなかに投げ込まれる。それは〈言葉〉以前の世界であり、死の領域である。フーコーは『夢と実存』（荻野恒一・中村昇・小須田健訳）の序論でこう言っている、「夢、それは荒涼たる空間のうちにうがたれ、混沌のうちに砕け散り、喧騒のうちで炸裂し、もはや息も絶えだえの獣のように死の網に捕えられている実存なのである」。

現実法則から解き放たれた、バラバラの世界――これは想像力にとって、喜ばしい事態のように思える。だが、じつはそうとばかりも言えない。ヤスパースはおなじくハッカーの記述から、興味深い部分を拾っている。

ふと私は今夢を見ているのだと気がついた。（略）私ははっきりと次のような疑問を意識していた。実際には見たこともないものを夢の中で何か見られるかどうか。で私は本当に続けて夢を見て行った。私はその中で本を手にとって文字を一つ一つ検分しようとした。だが本をちょうど目の前にもってくるや否や文字はぼんやりとしてしまい、何も読めなかった。

（『精神病理学総論』）

〈夢〉がすなわち想像的な世界なのではない。〈夢〉は確かに深層的な〈世界〉を啓示するが、深層しかないのは、表層だけしかないのとおなじことだ。深層を〈言葉〉にうつし変える主体を欠いては、想像物は想像物たりえない。

奇抜な夢を見て跳ね起き、興奮覚めやらない頭でそれを文章化してみると、じつはまったくつまらない内容だったことは、誰にでもあるだろう。〈夢〉の世界における事物は、現実法則から解き放たれている。だが〈夢〉自体に、それらを再結合する力はない。〈夢〉をそのまま言語化する試みは、必然的に失敗する。〈夢〉の断片を繋ぎあわせ、新たな〈世界〉を現前させるのは、詩人の主体と想像力をおいてないのだから。

ところでヤスパースは、クレッチマーに反し、精神病と夢と原始人の関係に懐疑的である。

睡眠、催眠、ある種のヒステリー状態などに起る意識変化は、互に近似の関係を持っているが、それらを明かに把握できるためには各々の間の差異を見ねばならぬであろう。（同）

未開の意識状態の太古的思考と精神病とは本質的に別である。太古的思考は集団的発展の結果であって、実際上の共同社会に役を演じているが、分裂性思考の方はその人間を隔離して共同社会との関係を断ってしまう。（同）

私たちはクレッチマーやユングのように、下層知性機制とか普遍的無意識といった原始の記憶を仮定し、それを精神病や元型的夢の因子と見なすだろうか。否。ヤスパースのように、「極めて曖昧で実証しがたい一つの理論であり（略）始終材料を変えては繰り返されるだけで認識の進歩を少しももたらさない」（同）と切り捨てるだろうか。否。

夢、精神病、太古的思考に、私たちは関連を見出す。だがユングの言うように、「人類の無意識の心」(『分析心理学』)としての太古的思考が、〈夢〉のなかで再生されるのだとは思わない。なぜなら〈夢〉は、それ自体では不可思議な幻像にすぎないから。〈夢〉を見た私たちが、これは太古の名残であるとか、神話の断片であると考えるとすれば、それは〈夢〉に破壊された主体の残骸が、〈意味〉を結んだからとしか思えない。

つまり自我は神話を発見したのでなく、〈夢〉のなかで自我という〈物語〉が破壊され、その破片から神話的ヴィジョンという〈詩〉が作られたのではないか。主体以前の領域が開示されたのではないか。そして主体以前の領域の在り方は、主体によって決定されるのではないのか。

夢見る者の主体を、私は偏重しているだろうか? だが〈夢〉と〈言葉〉を結びつけるのは、主体をおいて他にない。そして〈夢〉が精神病に頽落するとき、そこには主体が不在なのだ。

〈私〉によって表現される「語る主体」の衰退ないし消滅を分裂病者においてほとんど普遍的なものとして措定することができるだろう。

(宮本忠雄「妄想と言語」)

〈汝〉または〈私〉の無人称化は(略)人間的内実の消滅を告げるものにほかならない。

(同)

主体があるから夢は、狂気は、〈言葉〉に結晶できる。脳裏を往き来する断片を統御し、結合させる主体がなければ、狂気は現実にはけ口を求めるしかない。ようするに異常行動するしかない。

私たちは主体こそが、〈夢〉と〈言葉〉の境界に位する、創造の核心であると考える。主体は、〈夢〉の・原始の・死の領域と、〈言葉〉の・現在の・生の領域のあいだに漂っている。〈夢〉の世界から〈言葉〉を作り出し、〈言葉〉の世界から〈夢〉を作り出す。主体なくしては、〈夢〉はただの幻像にすぎない。〈言葉〉はただ記号にすぎない。主体があるからこそ、〈夢の言葉〉(夢の原質となるような言葉)と〈言葉の夢〉(言葉の原質となるような夢)は織りなされる。

〈夢〉の領域は、〈世界の闇夜〉と地続きである。「ヘーゲルにおいて、〈夜〉とは人間を恵みにして生まれてくる〈光〉のこと」(アルチュセール「人間、この夜」市田良彦・福井和美訳)だとすれば、この地点は光と影の重なりあった、人間精神の原郷と考えられる。そこに漂っている〈原像〉を〈言葉〉にすることが、詩の本質である。

人間の共同体的本質——祝祭性——を、幻想的方法で蘇らせること。過去を現前させると同時に、未来を暗示すること。これが詩の本来的機能である。

私たちは詩をとおして〈世界の闇夜〉を、すなわち〈夢〉と戦争の回路を奪還するのである。

3　夢の現在、主体の行方　あるいはゼロ年代詩批判

ここからは詩の〈現在〉とかかわりつつ、論を進めてゆこう。

「ゼロ年代詩人」を題材として挙げたい。ゼロ年代詩人とは「2000年以降に出現した詩人たち」（『現代詩手帖』二〇〇九年四月号編集後記）のことだが、この簡明な定義では尽くせない異貌の領域が、彼らの作品には開示されている。

なじみの姿はまかせてしまえば（完璧は
　綴りをおさめる無償の書庫へ
　　（見なおす寝覚めは
慇懃としてなお路地はんぶんだ
　（われら燧道端　くされも落ちず
　ほがらか陥入することどもなり
（外山功雄「LEFTマイルフィック?」）

【　】もはやなにもかぐえないよいことだ。
なにもふれえないなおのことよい来たる

・べきＡＯＯＯを経ふらず沁まずに済むのだから太陽黒点の気まぐれ群青ども、や
・つらの睨みをかわす機動は骨肉を削いで求めたのだが月の洞穴住まいども、式の
・一項へとじこめられぬよう背理に背理を占めたこの身のすばやさですらスリイ！（同「訪問者VSフレイム・オン・デマンド」）

言ってみればこれは、〈夢〉のなかに漂う主体や世界の残骸を、ただそのままに記述したにすぎない。前章に引用した、宮本忠雄の簡潔にして奥深い記述とあわせて考えるとき、外山が主体の喪失という奈落を、まっさかさまに落ちていることは疑いえない。

にもかかわらず外山の詩は、ゼロ年代詩人における一つの原風景と化している。たとえばコマガネトモオは外山を「ゼロ年代の伝説的な書き手」（「薄く広がる「修辞的現在」が続いている」）と位置づけているし、小笠原鳥類が『現代詩手帖』に投稿を始めたのは「外山さんがいるんだったら」（インタビュー「新たな夢を作る」）と思ったからだという。

これまでどんな詩が書かれているかわからなくても、破壊的な言葉をリズミカルに勢いで読んで、楽しいという感じ。（同

当時の『現代詩手帖』投稿欄はこんなふうだったという。歴史性も意味もない。「リズミカルに勢いで読んで、楽しい」。楽しければそれでいいのかもしれないが、ここまで思考を進めてきた私たちは、それがいかに危うい遊びかを知っている。「新たな夢」しかない。〈夢〉を〈言葉〉にうつし変える血まみれの主体がそこにない。垂れ流しの〈夢〉は妄想でしかない。否、妄想ですらない。妄想にはまだ現実との対応物がある。

だが、外山の詩に出現する「ほがらか陥入すること」「太陽黒点の気まぐれ群青」は、現実に対応物がない。事物を客観的に認識する自我の機能が欠けているのだ。自己と外界の「輪郭」が外山には見えなくなっている。こうした詩は、考想吹入・考想奪取といった自我障害を言語化したものとして把握することができるだろう。

考想吹入（こうそうすいにゅう）【英】thought insertion【独】Gedankeneingebung 自分の考えでない他人の考えが吹きこまれるという体験で思考吹入ともいう。これは自我の能動性の意識および思考の自己所属感の障害に被影響感が加わったもので、させられ体験あるいは影響妄想の一つの臨床型である。統合失調症（精神分裂病）に特徴的な症状で、シュナイダー K.Schneider の一級症状の一つである。

（『精神科ポケット辞典　新訂版』）

外山が病者だと言いたいのではない。作品の根源にある世界観を私は解明したいだけだ。

そして審判するのみだ。病的と言おうが理性的と言おうが、それは作品とかかわりあうなかから生れた言葉であって、現実の作家をどうこうしたいわけでないことは、あらかじめ言っておこう。

つづいて小笠原鳥類を見てみよう。

黒い海面に油が浮かんで、物語を含んで
いることがあり、鯨の虹色脳油だからそれに
耳を澄まさなければならない、私は
脳油に含まれる物語を書かなければならない、

死鯨の砕けた頭から流れ出した脳油が
歌となり、言葉となって全海水を温めている、
冬でも凍らない奇跡、その物語を
書かなければならない、……海から言葉が
（略）
そこにある、温かく明るく青い脳油に
包まれた一冊の書物、優しい歌、水の
すすぎご、波、虹色脳油、ながれ……耳を

澄まさなければならない、私は脳油に
（「虹色脳油、ながれ」）

この詩は外山のそれと違って、手触りの心地よさがある。外山が精神の崩壊を言語化したとすれば、小笠原は精神＝〈言葉〉の崩壊後の世界に安らい、痴呆的な快楽に浸っている。

二人に次元の違いを見出せるだろうか？　見出せはしないのである。注意深く読んでみれば、この「リズミカルで楽しい」詩のなかに、あらねばならないものが不在であることがわかるはずだ。それは、夢見る者の主体である。

「脳油に含まれる物語」「脳油に包まれた一冊の書物」といった言葉が繰り返しあらわれる。だが「書物」＝〈物語〉の存在が暗示されるだけで、その頁が開かれることはない。ちょうどハッカーの見た夢のように、たとえ本を開けたとしても、文字は「ぼんやりと」しか見えないのだろう。

それでも目を凝らしてみよう。書かれている言葉は何なのか。〈夢〉だろうか。〈戦争〉だろうか。何も書かれてはいないのである。私たちが見ているのは、「海」という言葉で表現されるような主体以前の混沌でなく、主体以後の残骸だ。すでに破壊されたものが、痛みすら感じなくなって漂っているさまだ。

そこにあるのは、主体も歴史も失った裸形の〈夢〉にすぎない。主体なき〈夢〉が必然的に頽落してゆくことは、すでに確認した。

大きな大きな白い錠剤が体の奥底から次々と吐き出されてくる。
（略）
わたしの処理はわたしによって行われなければならぬ。なぜなら、わたしにはわたししかいないから。繰り返すことになるが、熱いゼリーそれしかない、それだけがないそれを弄べばわたしは死ぬ、もしくは生まれる。胎盤を食せ、そして永遠後ろ手に落ちてゆく感傷、笑え笑え笑えすり潰されたわたしのこころは宇宙に遍く膜を張る一切の虚実である。動物はゼリーの詰まった皮袋ゼリーであり、宇宙ゼリー……、宇宙ゼリー……、

（岸田将幸「ゼリー、ゼリー、」）

これも小笠原の詩における優しい触感を裏返し、グロテスクなものに変換しただけの代物と言えよう。

ところで座談会等における岸田の発言は、その詩よりも興味深いものだ。

繰り返しになりますが、表層的な言葉によって人は死ぬ。それに対してわれわれは徹底的に戦わなければならない。それによって詩という制度がなくなっても問題ではない。

（座談会「突破口はどこにあるか　ゼロ年代の詩意識を問う」）

私はある朗読会に参加して、神の子を守れないのであれば、神の子であるわれわれは自らを傷つけるべきだと言って、自分に課した。

（瀬尾育生との対談「詩魂を継ぐこと　なぜ鮎川信夫なのか」）

書かなくてもいいし書いてもいいし、死んでもいいし誰かを殺してもぼくはいいわけですよ。

（シンポジウム「われわれは「以後」の現実を生きているのではない」）

いずれの発言にも、当然付されるべき「（笑）」の記号は付されていない。すると本気で言っているのであろうか。子供じみた自己神秘化、カッコつけ、馬鹿騒ぎ。「もはや何ものもほんとうの意味で自己を反映できはしない」（ボードリヤール『透きとおった悪』塚原史訳）ところの、私たちの実存の危機は、少しも主体的に捉えられてはいない。

騙されてはならない。私たちの〈夢〉も戦争も、こんな言葉のなかにありはしない。私たちはゼロ年代詩人の辿りつけない遠いところを、ただ意志するだけだ。そして向かってゆくのだ。

主体を喪失した人間がいかなる詩を書くのか、いかなる言辞を弄するのか、私たちは了解した。ここで、ゼロ年代詩のもう一つの系を確認しよう。すなわち、稲川方人の影響下にある詩人たちだ。こちらは中尾太一、白鳥央堂らが代表する。

その櫂を牽いて歩く幼い聖者Nのいくつかの影はこの街が全身で澆めた陸橋を越える
飛行機雲が連れて行った「青」を君の頸骨に刺しては浮かべる河の名に、君のいかり
　を降ろしていけば
水の無い、部屋の模様を替える寓話に「首都」の促音は漂う
戦ぐ歩みの伸長が指先をかつて触れ得ぬ高さまで緊張させるとき
櫂もまた槍へと走る、ときおり抜けた空の色を透き通る柱で持ち上げては
（中尾太一「十二月に病んだ片言の君は始めに数度の殺傷を受けていた」）

えぐられていく部屋に雨が生まれていく　雨の塊が水溶性の家族史を刻む
彼らは想像上のパレルモにはじまり　詩篇のなかのザイールへおわっていく
「二重にわすれ　永遠に忘れられる」
ジョン・クロウリーの数節にかれらは懐かしい氷の大陸を読みながら
平面の初夏に塗りこめられたエンディング・ストーリーだけを拾い集めている
（白鳥央堂「晴れる空よりもうつくしいもの」）

こうした詩は、脳裏に「像」を呼び起こすように思える。そして結ばれる情景は、「抒情的」にさえ見えるかもしれない。だが違うのだ。これらの作品で、統一的な意味や風景

を描き出すことは、ついに放棄されている。ただ「晴れる空よりもうつくし」そうな断片が、脈絡もなく書き継がれるだけだ。

ユーチューブのペンギンカフェオーケストラは常動曲をやめようとしない
続くんだ、なにもかも、
いまも
（同「亡羊と、ぐりぐりのきみへ」）

国旗がファミチキなのか、ファミチキが国旗なのか、いまにみんなにも判るさ　（同）

私たちはここに、ある種の「自由」の宣言を見出す。じつに軽やかではないか。だがこれはヴァレリーの言葉を借りれば、「鳥」のようでなく「羽毛」のような軽さだ。[*3] 何処に流れてゆくかわからない。インターネットの映像は「永遠」の感覚と接続され、ナショナリズムの象徴とファーストフードは等価とされる。ここには人間としての核もなければ、核を否定して非人間的なもののもとへ遁走する気概もない。

いまの若い詩人たちは、つまらない党派性みたいなものに支配される傾向がなくて、ああ、めでたいことだなと、それくらいに軽く考えていたわけですが、この軽さというか無さというか、何も無さというのはたいへん重要なことだと思います。

（吉本隆明『日本語のゆくえ』）

「何も無さ」の原因は主体の喪失であるが、喪失のありようが外山・小笠原・岸田と、中尾・白鳥では大きく異なっている。端的に言うと前者は「崩壊」、後者は「模倣」という仕方で主体を失ってゆく。

白鳥は中尾について、中尾の目の前で「受け取るものっていうのは、本当に数えられないほどある」「知る前と知った後と、態度のありようが、自分は大きく変わった」（「われわれは「以後」の現実を生きているのではない」）と言っている。その中尾はといえば――

佐々木敦　以前はご自分が「稲川方人」の詩を書きたいぐらいの同一化の段階もあったんでしょうか。

中尾　はい。今もそうなんですけど。（略）「稲川方人たち」と一言で言って表象されうる人間の像、僕もその中の一人だと思っている。

（インタビュー「詩の快楽を忘れない」）

主体性がない。〈夢〉と戦争のさなかに置かれた主体は、幻想を生み出し、あるいは現実の核に到達する。その主体が欠けているのだから、中尾は幻想とも現実とも抒情とも思想とも無縁である。

そろそろ戦争の話をしよう。

> 舞台を見つめている天皇と、その舞台で言祝ぎの歌を絶唱しているEXILE。それらの二者を政治的ではないところで関係づけている風景に対して、この詩集（『御世の戦示の木の下で』）が決して敵ではないということを自分自身認めていると思います。
>
> （中尾太一、シンポジウム「「戦示」を生きるということ」）

ちなみに「EXILE」とは、歌ったり踊ったりするグループの一つである。こんな言葉にも論評を加えねばならないのだろうか？「不可避の洪水譚をかわす」（白鳥央堂「つぐみに訊いた、いくつかの讃歌」）ことを、私たちはしない。中尾の発言に、私はつぎの言葉を対置する。

> 詩人の詩意識の構造は、もしその詩人が秩序を肯定するならば、その秩序の構造を完全にまねるものである。
>
> （吉本隆明「日本の現代詩史論をどうかくか」傍点原著）

中尾や白鳥の詩は、ところどころに「うつくしい」表現があるものの、行と行のあいだに架橋がない。断片は断片のまま投げ出されている。これを、外界の秩序の反映と見なすこともできよう。

世界市場に外部は存在しない。地球全体がその領地なのである。（略）〈帝国〉のこうした平滑空間の内部には権力の場所は存在しない。言いかえると、それはいたるところに存在すると同時に、どこにも存在しないのである。

（ネグリ、ハート『〈帝国〉——グローバル化の世界秩序とマルチチュードの可能性』水嶋一憲・酒井隆史・浜邦彦・吉田俊実訳、傍点原著）

世界の何処にでも存在し、何処にも存在しない〈権力〉。詩の何処にでも存在し、何処にも存在しない〈抒情〉。権力が世界を構成する原動力であるとすれば、抒情は言葉を生成する原基である。

一見時代と遊離した言葉を使う中尾らゼロ年代詩人は、じつは現実世界の秩序と密通している。私たちは、垂れ流しの〈現実〉を見せられるだけだ。裸の〈夢〉と、裸の〈現実〉。その二つを繋ぎあわせる主体が、何処を探しても見つからないのだから、ゼロ年代詩は〈夢〉と〈現実〉のあいだをうろうろするしかない。

私は〈夢〉の原像を詩のなかに探しながら、その不在を証してしまったのだろうか。〈夢〉と戦争の結節点を詩的抒情に求めながら、抒情の死骸を示してしまったのだろうか。

だが、主体の骸には主体性のヒントが、抒情の骸には抒情性のヒントがあるはずだ。

外山・小笠原・岸田の詩は、〈戦争〉（現実）の記述に見せかけた〈夢〉（妄想）の記述である。中尾・白鳥の詩は、〈夢〉の記述に見せかけた〈戦争〉の記述であった。

そしていま、彼らの〈夢〉と戦争は確かに結ばれた――しかしその回路は、既成のそれを移植しただけだった。〈夢〉と戦争の回路を戦争詩から使い回したにすぎない、「震災詩」という汚物がそれである（和合亮一、伊武トーマなど）。

〈夢〉と戦争の回路を奪還することが、本稿のテーマであった。それは、いまのところ奪われっぱなしだ。だが私たちは、それでも「はるかから夢みられつづけ、奪われつづけている、ひとびとの生の処そのもの」（黒田喜夫『彼岸と主体』）を探さねばならない。詩に主体性を、〈夢〉と戦争に架橋をあたえねばならない。新しい抒情を発見しなければならない。

4 夢と戦争の彼岸　偏りの雨のなかに

現代詩が、主体の衰退というルートをひたすらに辿ってきたことを確認した。本章では私たちの詩――〈夢〉と戦争――を、その起源にまで遡って探してみたい。

「詩の原点の探求欲」は、西郷信綱『詩の発生』で「ほぼ満たされていた」と渡辺武信は言っている（『移動祝祭日――『凶区』へ、そして『凶区』から』）。

この段階を越え出るために、私たちは〈言葉〉以前、〈在る〉以前にまで――つまり起源の起源にまで――言葉を向かわせてゆかなくてはならないだろう。

「殺人哲学者」アルチュセールの、晩年の記述を追ってみよう。彼はエピクロスからハイデッガーまでの哲学史を再検討した上で、「哲学史全体を貫いて流れ、口にされるや打ち据えられ、抑圧されてきた、深い主題」（「出会いの唯物論の地下水脈」市田良彦・福井和美訳）の存在を暗示する。それは「雨の、偏りの、出会いの、固まり prise の「唯物論」」（同、傍点原著）だという。

> 世界とは、いわば成し遂げられた事実であり、そこではいったん事実が成し遂げられると、〈理〉、〈意味〉、〈必然性〉、〈目的〉の王国が樹立される。しかし事実のこの成就は、偶然性 contingence の純然たる効果にほかならない。（略）事実の成就以前、世界以前には、事実の非-成就しかなかった。原子の非現実的実在にほかならない非-世界しかなかった。（同）

そして〈原子〉が他の〈原子〉と「出会う」ところに、〈世界〉は到来する。「世界とはすなわち、最初の偏りと最初の出会いが連鎖的に引き起こす原子の凝集である」（同）。この地点からは、歴史も、法則も、生産様式も、何の意味もなさない。なぜなら、それら「成し遂げられた事実」を作り出すのは、原初の「偏り」であり「出会い」なのだから。

――狂気とも啓示とも取れるこれらの記述を、どう受け止めたらいいだろうか。すぐに気づくのは、アルチュセールの言う〈世界〉が、詩に極めて似ているということだ。

私たちが詩を書くとき、〈主題〉は茫漠としたかたちでしか存在しない。脳裏をよぎる〈夢〉の断片しかない。その断片が紙に書きつけられると、今度は〈記述〉の魔力にも導かれ――「ペンが書いてゆくのにつれて考える」[*4]――〈詩〉はかたちをなしてゆく。

さて、私は二つの文章を作ってみよう。

〈詩〉が現出する前、〈主題〉は茫漠としたかたちでしか存在しない。バラバラの〈夢〉しかない。そこに〈記述〉の力が加わることによって、〈詩〉が形成されるのである。

〈世界〉が現出する前、〈意味〉は茫漠としたかたちでしか存在しない。バラバラの〈原子〉しかない。そこに〈偏り〉の力が加わることによって、〈世界〉が形成されるのである。

〈詩〉を〈世界〉に、〈主題〉を〈意味〉に、〈夢〉を〈原子〉に、〈記述〉を〈偏り〉に入れ換えると、「出会いの唯物論」の記述と重なることがわかるだろう。

若き日のアルチュセールは、「全世界を震撼させる詩の雑誌を出そう」(『未来は長く続く』宮林寛訳)と考えていたという。そのときの情熱が、この狂気を漂わせながら何処か詩的なテキストを、支えていると思えてならない。

アルチュセールが世界を〈偏りの雨〉に帰せしめたように、私たちもまた、詩を〈夢〉と戦争の断片に帰せしめねばなるまい。彼が〈偏りの雨〉のなかに「もう一つ別の世界」（「出会いの唯物論の地下水脈」）を幻視したように、〈夢〉と戦争のなかに「もう一つ別の詩」を探さなくてはならない。

ところで私たちは、〈夢〉と〈現実〉の断片がちりばめられているばかりで、一つの思想にまで結晶させる主体が不在である言葉を、すでに見てきたのではなかったか。ゼロ年代詩は断片をかきあつめるのみで、世界像を結んだり、そのなかに踏み込んだりはしない。あくまで像＝〈意味〉の前に立ち止まる。

だが、アルチュセールの「出会いの唯物論」が啓示する「空虚の哲学」（同）と、ゼロ年代詩では雲泥の差がある。というのは、前者が〈像〉以前の領域に〈出会い〉という本源的事件を想定し、狂気の力――「狂気は「要素」を新しい不意の固まりへと解放する」（同）――によって〈起源〉へ、さらに〈起源〉以前の領域へ向かっていったのに対し、ゼロ年代詩人はただ断片のなかで自慰しているだけなのだから。

存在史を遡って〈原子〉へ、そして〈偏りの雨〉にまで思考を進めていったアルチュセールは、やはり一個の主体であり、詩人であったと言わねばならない。たとえ彼が「出会いの唯物論は主体の唯物論（神であれプロレタリアートであれ）ではなく、主体なき過程の唯物論である」（同）と言明したとしても、主体なき過程を遡ってゆくのは、やはり主体に他ならない。

戦場に散った叔父の名をもって生れたがゆえに、「存在しないという罪」(『未来は長く続く』)を負わされ、「憧憬にも似た「融合」への欲望」(同)を抱えていたアルチュセール——彼の内部で、じつは凄まじい主体的燃焼が起きていたことは、『未来は長く続く』の特異な記述——エリック・マルティの言う「すべての表象の哲学の原理に対する内面からの異議申し立て」[*5]——を見てもわかる。

それは、「絶対の孤独」のなかに閉ざされていた少年アルチュセールに訪れた、他者との和合のエピソードである。

祖父に連れられ「脱穀の祭」に行ったアルチュセールは、「働き、大声をあげたので疲れ、その疲れに酔いもした男たち」のあいだを、「仲間になったような気分」で自由に歩き回る。いつしかアルチュセールは「一団に加わっていた」。男たちは、こぞって彼を挑発し、ワインの注がれたグラスを差し出す。少し飲んでみせると、「盛んな喝采」が少年をつつむ。「それからまた歌声が高まる。大きな食卓の向こうから、祖父が私に微笑みかける」。

この美しい記述に、異様な「告白」がつづく。

真実を語るために、ここで辛い告白をすることを許していただきたい。この混沌とした歌の情景(略)を、私は大広間の中で体験したのではないのだ。だから私は夢を見ていた、つまりあの情景を直接に体験したいと強く欲望したにすぎないのである。

たしかに私は、思い出が生む観念の連合をたどるにあたって、ひたすら事実のみを伝えるという原則を厳守したいと思っている。だが幻覚もまた一種の事実にはちがいないのだ。

「幻覚もまた一種の事実にはちがいない」とアルチュセールが書くとき、彼は〈幻覚〉に転落していない。〈事実〉に屈服してもいない。〈幻覚〉と〈事実〉のあいだで書きつづける主体だけがある。〈夢〉を延々と記述するか、〈現実〉をただ反映するか、そのどちらにも飽きたので社会に打って出るか（震災詩）するゼロ年代詩人と違う、決定的に浄らかな主体が現前する。

アルチュセールは世界を〈雨〉に帰したが、彼の主体は、構造へと分解されたのではなかった。己ではなく、己の背後にいる死者＝かつての恋人を愛しつづけた母へ向けた「私は冷淡な人間だろうか？」（『未来は長く続く』）という問いは、「私は傷つかなかったろうか？」に変換できる。そしてまた、「私に主体はあるだろうか？」という問いに。

ゼロ年代詩人は、詩を〈雨〉に帰したのではなかった。分解されたのは彼らの主体であった。だから彼らは、〈雨〉（断片）から詩のすがたを結ぶことができない。「闇に包まれた全体性」（アルチュセール「G・W・F・ヘーゲルの思考における内容について」市田良彦・福井和美訳）を明るみに出すことができない。

アルチュセールは書いている、「私は以前からずっと「終点」の駅が大好きだった」（『未来は長く続く』）と。「出会いの唯物論」は、〈始まり〉以前と〈終わり〉以後の領域を啓示しつつ、未完のまま遺された。私にはこのテキストが、ただ狂気の産物とのみ解されるのは、あまりに惜しいと思われた。そこでゼロ年代詩と引きあわせつつ、その価値を再確認しようと考えた。そして私たちは、ついに二一世紀における現代詩の核を発見したのである。それは主体――歴史を通過してきた主体であると同時に、〈存在〉以前の領域に到達した主体――の不在である。

単純に自己に還元できない「私」、還元できないわれわれの主体が、これからどこへ向かうのか、人間がどう生きていくのかということをはっきり皆さんの言葉にうかがえた感じがします。

（稲川方人「「戦示」を生きるということ」）

このような言葉に、決して騙されまい。私たちが見てきたのは、主体を守りとおして〈存在〉以前の領域――それが狂気であれ夢であれ、主体の苦悩という事実に変わりはない――に辿りついた一人の哲学者と、主体を失って〈存在〉以後の領域――それが「自己に還元できない「私」」であろうが「「稲川方人たち」と一言で言って表象されうる人間の像」であろうが、苦悩の不在という事実に変わりはない――に迷い込んだ哀れな残骸である。

七〇年代詩人は「終わり」の地点からその営為を始め、そこに留まって遊んだ。いまも遊んでいる。そしてそのまま朽ちてゆくであろう。

私たちは、彼らが断片のまま留めておいた〈夢〉の、その原像まで遡るであろう。いままで考察してきたように、それは原始的領域＝下層知性機制にアクセスする詩本来の力と、〈現在〉から〈夢〉を抽出し、さらに〈夢〉から〈現在〉を抽出する主体の力によってなされる。

その根源には、何があるのだろうか？　ここでそれは問題としない。問題は、遡るための主体を確保するということだ。そのヒントは、アルチュセールの晩年の論考に残されている。

そうして成し遂げられる詩のかたちを、私たちはおぼろげながら視認できる。一切の現代詩を掃滅した後、私たちは〈荒地〉に帰るであろう。

＊1　「いかなる人間的秩序も、したがって、いかなる人間的役割も固定され、あたえられることになる言語の掟［＝法則］のもとで指示され、指定され、局在化されることによってでしか把握できない」（アルチュセール「フロイトとラカン」石田靖夫訳）

＊2　「文化社会の成人の心的反映過程においても、今日勢力のある心理学機制の背後に更にその他の機能諸型がいくつか認められる。かかる機能諸型は様々な観察領域に同一の特性を有しつつ再三見られる。とりわけ夢や催眠状態やヒステリー性朦朧状態や

分裂病性思考障害などに見られる。かかる機能諸型は精神生活における古い系統発生的発達段階を明らかに類推せしめるものであるから、それを現在まで残されてきた系統発生的下層段階と考えてもかまうまい。それ故我々はかかる機能様式を総括して、「下層知性機制」と呼ぶこととする」（クレッチマー『医学的心理学Ⅰ』西丸四方・高橋義夫訳）

＊3　「羽毛のようでなく、鳥のように軽くなければいけない」（ヴァレリイ『文学論』堀口大学訳、傍点原著）

＊4　アラン『芸術論集』桑原武夫訳。

＊5　『ルイ・アルチュセール　訴訟なき主体』椎名亮輔訳。

虚無の懐胎　一九七〇年代詩批判序説

詩的象徴の核は、いま何処にあるのか。「戦後詩」が「現代詩」に変質したとき、そこにはいかなる転位があったのか。「現代詩」が「ゼロ年代詩」に頽落したとき、私たちは何を失ったのか。そしていま、言葉に何が起きているのか。

私たちの「戦後詩」は、「戦前詩」の延長の上にあり、私たちの今日の現代詩と呼ばれるものは、「戦後詩」の延長の上にある。（粕谷栄市「『戦後詩と死』ノート」）

戦後詩の精神は終わっておらず、現代詩に受け継がれているというのか？　だが、そうでないことを私たちは知っている。「詩がほろんだ」（谷川雁、書評『鮎川信夫全詩集』）ことを私たちは認める。「「いや詩はほろびていません」などと馬鹿げて否定」（黒田喜夫「解体は私たちの出発――一九六五年後半に」）することもないだろう。

本稿で私たちは、「戦後詩の終わり」――そして「詩の終わり」について考察する。一九七〇年代前後の詩的情況から始めよう。ここにおいて戦後詩は、決定的に変質したからである。

時間の経過は、記憶に二つの傾向をもたらす。深化と稀薄化である。前者については、神話的抒情の世界へ歩んでいった鮎川信夫の存在を想起できる。だが時代は、彼と逆の方へ――虚無の方へと進んだ。時代とその子は、記憶を深化させ、そこからただ一つの抒情をすくい出す道を選ばなかった。

戦争と戦争のもたらした切断から、平穏な日常生活へ、詩的主題はうつっていった。そして、それだけだった。荒地を忘れた詩人たちは、始原にふれることも未来に向かうこともなく、ただ〈現在〉を蕩尽した。

そのとき彼らの意識下で、何が起きていたのだろうか？　六〇年代の詩的精神について、吉本隆明はつぎのように言っている。


なにごとも不幸でないし、凶事でもない。命を奪われることもおこらない。そういう生きざまを希望だとすれば、避けられない希望だ。つまり向うから配給されてくる。つまり現実の秩序が配給してくれる希望なのだ。

（「戦後詩の体験」）

詩を一つの思想にまで昇華することは、ほとんど不可能事となる。「戦後詩の体験」では、長田弘や吉増剛造の詩が取り上げられるが、そこにあらわれているのは「〈もの〉そのものになってしまうより生きざまもなければ倫理もない現在の感性」（同）であった。

彼らの詩は「戦後詩の体験の終結宣言のようにもかんがえることができる」（同）と吉本は言う。長田が「行為そのものになってゆく」（「愛について」）と呟き、吉増は「太陽とリンゴになることだ／似ることじゃない」（「燃える」）と歌い、戦争体験は、それを通過した主体もろとも消滅している。「戦後詩の終わり」が、主体性の終わりというかたちで表現されたことを、私たちは覚えておこう。

さて七〇年代に登場した荒川洋治や平出隆を、吉本は「受験生詩人」（鮎川信夫との対談「戦後詩の危機」）と定義する。彼らの自閉的な（言葉の内部に開かれているのだと、言いたければ言えるだろう）作品世界は、何を意味しているのだろうか？

1

晴れやかな地下鉄道。晴れ渡って涯てしない壁。日を繋いでいく轟くばかりの鋼の祈
りに、ひと刷毛の雲が掛かって、はじまりよ、それがおまえの巣。

2

果肉の裂ける音が、きみの耳のあいだにとびちる。そのしぶきの先端は、悲哀の外にいる者に手招きしている。

3

降るものと、生るもの。それがぼくの関心のすべて。（降るものが生り、生るものが降りしきるまで）。生るものと、降るもの。それがぼくの欲望のすべて。（生るものがやがて生らなくなり、降るものがついに一滴も降らなくなるまで）。

（平出隆『胡桃の戦意のために』）

この詩について、平出はこう解説する。

十四歳から詩を書きはじめた（略）数行からなるフラグメントばかりが山積していった。

（「雲をつなぐもの」）

「月兆の戦意のために」という破れかぶれの長篇詩は、種を明かせば、この十代の

屑の山からフラグメントのまま再生させられてきたフラグメント[*1]が、その半分近くを占めている作品である。　（同）

違う時間、違う精神状態で書かれたフラグメント（断片）を、後から一つの塊にすること――それが「長篇詩」になること。これは何を示唆するか？

断片は断片のまま運動する。言葉は「世界の意味の流れ（略）に逆らいつづける」（吉本隆明『マス・イメージ論』）。風景は結像せず、意味らしい意味が差し出されることもない。詩人は主体的な一貫性を失う。「事実」への衝迫力を失う。代わりに「事実の世界」とかかわりのない、「言葉（だけ）の世界」という新領土を得る。

詩的な体験が事実の世界をひっ掻けなくなったから、言葉の世界へ逃亡してきたのだ、そして逃亡してきた場所だから、できるだけ完璧な世界だということが望ましいだけだ。　（同）

（平出の詩は）「現在」の詩の世界がやむをえず到達したひとつの極をよく象徴している。　（同「若い現代詩――詩の現在と喩法」）

七〇年代詩――それは、意味も目的も奪われた〈世界〉への対応であった。中心を喪失した世界は、言ってみれば均されてしまう。わかりやすい「悪」としての〈権力〉の代わりに、至るところに〈権力〉が薄く広がる平滑空間があらわれる。

革命の可能性は圧殺される。「事実の世界」が不動化し、言葉は浮かび上がる。詩人たちは、現実への影響力と引き換えに、「言葉の世界」を獲得したのだ。

そこでは拡散した言葉が、拡散したまま投げ出されていいのだ。「事実の世界」そのものが拡散し、無化してしまったのだから。

――こうした現象に抵抗なく順応した詩人だけが、「フラグメント」を繋げる作業に成功した。稲川・平出の詩は、七〇年代のもっとも敗北的な傾向を端的に示している。拡散する〈権力〉に対し、あくまで主体を立てようとした詩人は、否応なく難路に入っていった。こちらの極は、黒田喜夫が象徴している。

前者の意義は、詩それ自体にない。断片の継ぎ接ぎが詩になってしまう情況を、明示したところにしかない。言ってみれば、稲川らは「言葉の世界」で〈権力〉に尻尾を振り、黒田は「事実の世界」でも闘いつづけたのだ。

ゼロ年代詩は稲川の遺伝子を受け継いでいる。黒田の孤絶は、孤絶のまま滅ぼされてしまったかのようだ。

だが明記しておこう。「ゼロ年代詩」を根源から否定すること、そして「言葉だけの世界」を全的に転覆することが、本書の目的であると。

話を戻そう。吉増らにおいて、主体が言葉や物に接し、そのなかで新たな主体となった、ないしなれなかったということは、もはや歌われない。主体は物のなかへ沈潜し、物になろうとする。死のうとする。しかしそれは死そのものを意味するのではない。「配給される希望」しかない世界において、主体性の放棄＝世界への同化は、「自由からの逃走」（フロム）のようで、じつは不自由への消極的な抗議である。そういう意味では、詩人は未だ世界内存在としての意識を保っている。

稲川らはどうか。ここで詩は意味の流れを堰き止め、言葉を自閉させることで成立している。

彼らにとって〈世界〉は不動であり、〈世界〉のなかの〈私〉も不動だ。何をしても、何を書いても〈世界〉はこのままだ。主体と〈世界〉は、向かいあっているのではない。それらは言葉のなかで同質なのだ。だから、言葉を組み替えて遊べばいい。なすべきことは、〈世界〉への働きかけではない。そうではなく、〈世界〉のなかの事物――主体を含む――を堰き止める。それによって、何か異質なものが表現できればいいのだ。

> 感性の土壌や思想の独在によって、詩人たちの個性を択りわけるのは無意味になっている。詩人と詩人とを区別する差異は言葉であり、修辞的なこだわりである。
>
> （吉本隆明「修辞的な現在」傍点原著）

〈世界〉のなかで詩を書く主体がある。しかし〈世界〉は日常性という装いのもとに圧迫し、主体は擦り減らされる。主体は〈世界〉と同一化してしまう。そして詩は、もはや手のとどかない外部へと逃げ去ってしまう――もちろんこれは、ある日突然起こった現象ではない。『白髪鬼』に出てくる「死刑室」[*2]のように、〈世界〉はゆっくりと狭まり、主体を押し潰したのだ。

七〇年代詩の虚無は、すでにその二〇年前から胚胎されていた。彼らは虚無を創出しえたのではない。それはいつのまにか、あたえられていたのだ。彼らはそれを、言葉として孵したにすぎない。虚無の種子は誰に注ぎ込まれたのか？「第三期の詩人たち」（大岡信、谷川俊太郎、中江俊夫等）によってである。

五〇年代詩人とも呼ばれる彼らについて、吉本は「連関のなかで自己を把握するまえに、表現としての自己把握を完成してしまった」（「戦後詩史論」）と記す。

文明が発達するにしたがって、社会的連関のなかの自己を把握することが難しくなる。一方、詩的表現や「鋭敏な感性」を追求するための知的余裕はたっぷりとあたえられる。こうして、自己把握なき自己表現者という矛盾にみちた「現代詩人」が生れるのだ。

病状は悪化の一途を辿った。「第三期の詩人たち」は、詩的領域から実存を追放し、「私」の王国を築いた。歴史とも神話ともかかわりのない、大衆としての「私」――これこそ、現代詩頽落の原点である。

六〇年代詩人は、「私」の空虚さをバネに、表象の世界を自在に疾駆した。穴の開いた風船が大空を飛び回り、やがて地に落ちるように。

七〇年代詩人において、主体と〈世界〉の最後の紐帯が絶たれた。彼らは病へと落ち込むか、この世界を逃走するかという二択を迫られた。後にふれる山本陽子は、前者の道を決然と進んだ。稲川・平出らは「言葉の世界」への亡命を選択した。

ゼロ年代詩人は亡命者の子孫である。先祖の遺産を喰い潰してしまった彼らは、「言葉の世界」に留まることも、「事実の世界」に出戻りすることもできない。〈外部〉も〈内部〉も失った「詩人」は、近親相姦を繰り返すしかなかった。その営為は「塗りつぶされたような「無」」（吉本隆明『日本語のゆくえ』）なのか、それとも「「無」というのは聞くに値しない」（岸田将幸、シンポジウム「「戦示」を生きるということ」）のか？　ゼロ年代詩人に主体は、抒情は、苦悩はあるか？　彼らは生きるに値するか？　その答えを本書は示すだろう。

＊1　評論集『攻撃の切尖』に収録された際、つぎのように書きあらためられた。「フラグメントのまま再生されてきたあたらしいフラグメント」……「あたらしい」の文言を追加することで、平出は何を正当化したかったのだろうか？

＊2　「何トンというコンクリートのかたまりが、彼をおしつぶすために、ジリジリと下降しつつあることがわかった。天井と壁とのあいだには少しの隙間もない。天井も床も滑かな平面である。虫けら一匹のがれるすきもないのだ」（江戸川乱歩）

言葉の近親相姦　外山功雄、岸田将幸、小笠原鳥類論

1　タナトスの不在　誰も破壊されなかった

神話としての現代詩、あるいは神話としての若い人たちの詩ということを考えることはまず不可能だ、そんなことは考えられないぞと思いました。だいたい「無」だよ、ここには何もないよ、というのは何かの兆候だと思いますけれど、そういう兆候だけは非常にはっきりとうかがえた。

（吉本隆明『日本語のゆくえ』）

若い人たちこそがむしろ非常に神話的な空間を作っているんじゃないかと思うんです

（瀬尾育生、杉本真維子との対談「対極的な二つの才能」）

ここで「若い人たち」として言及されている存在こそ、本書の主題――ゼロ年代詩人である。彼らは二つの系統にわけられる。一つは外山功雄、岸田将幸、小笠原鳥類ら分裂病的な言語意識をもつ詩人であり、もう一つは中尾太一、白鳥央堂ら七〇年代詩の系譜に属する詩人である。こちらには、「抒情的」と取れる詩句も見られる。

彼らが生んだものは「神話」なのか、それとも「無」なのか？　もしも「無」だったとしたら、なぜそれは「神話」に見えたのか？

まず、外山功雄の詩をいくつか見てみよう。

ひとの
ふた親から虎の子やら花実ほかうろ
ん雑が生まれぬのは気組みの問題で
しかない。そこまで律義をとおせな
かった。気がもたなかった。その旨
きちんと伝えておいたのだ。
（「ＹＯＨ：１」）

だのにめだま一対といえども
輩のなんたる雲霞か。知覚が

たるを享受できぬか。輪郭の
注ぎこまれ実体したかまでは
（略）
ばあさん　血もくちもまわらない　かい？
（同）

この詩について、城戸朱理はこう述べている。

ここには無媒介に語り出される「私」という主体は存在しない。主体さえも詩行が織り成す関係性のうちにあって、それが不可視の「私」の反証となっている。
（「私」への探求）

主体が詩行に織り込まれている、それが「私」という虚構への反措定になっている――それは、そう言いたければ言える、というにすぎないのではないか。私たちは、先験的に「現代詩」を擁護する態度から距離を置いて、問題を考えてみよう。

言葉のなかに、外山の自我は滲出している。そして奇妙なことを呟いている。「きちんと伝えておいた」とも言う。主体は頽落し、言葉は病そのものと化している。

五体満足？　そうかもしれない

あみゆくしさき　人型は過ぎた五斗角形
　どこぞのすらりとたがえたか
ぬかるべきこのさき生まれには
　　存意に食管
はやしたて無残こそがふさわしい

（外山功雄「キキ；キルベイジ；グライスヌル」）

病に抗うことも、病へと歩んでゆくこともせず、病のなかでみずからを「はやしたて」ているだけの「詩人」。これこそ、ゼロ年代詩の原点にして終点である。

「戦後詩の終わり」は、「主体性の終わり」というかたちで表現された。それでは「主体の終わり」は何を意味するだろうか？　それは「詩の終わり」に帰結するのではないか。

外山の詩には、ゼロ年代詩人における主体の在り方が象徴的に示されている。私たちはすでに端的な考察を済ませたが（二八〜三〇頁参照）、ここではヤスパースの説明を見てみよう。

> 患者は「作られた考え」（作為思考）とか「考えを引き抜かれる」（思考奪取）と述べる。（略）患者は何かを考えるが、誰かよその者がその考えを考えて自分に何かの方法で押込んだのだと感じる。患者が考えるのでなく、何か他の力がそれを考えるという意識をもって考えが現われる。

（『精神病理学総論』内村祐之・西丸四方・島崎敏樹・岡田敬蔵訳、傍点原著）

考えは浮び上り、患者はそれを自分の外の側からくるものとして受取り、霊感、インスピレーションのように思う。（同）

〈世界〉との境界が失われる。自己が〈世界〉に織り込まれてしまう。思考に〈世界〉の雑音が混入する。逆に、〈世界〉に思考が流れ出す。境界が溶け、自我は滲み、原型を留めなくなるのだ。

外山もまた、溶けている。言葉のなかに溶け、そこでわけのわからないことを呟いている。

これを「神話的な空間」と名づけうるだろうか。ここにあるのは確かに、語りえないものだ。しかし、遠いところにあって語りえないのではない。そうでなく、一体化してしまっている。そこで詩人みずから、世界のノイズになっているのだ。

そもそも「神話的な空間」とは何か。それはどのような構造と力学をもつのか。

畝火山　昼は雲とゐ、
夕されば　風吹かむとそ
木の葉さやげる。

（『古事記』）

折口信夫はこの歌について、「疑いもなく、景色を詠んだ歌」（「歌の話」）としつつ、「何か別のことがいってあるのだろうという心持ち」が起ると書いている。そして、こう解説する。

いすけより媛（歌の作者）が、自分のお生みになった三人の皇子達を、殺そうとするもののあることを、むきだしにいうことは出来ないから、こういうふうに仄めかして諭されたのだ、と古事記という書物にさえ伝えています。

このように「風の吹き起るようにはやって来る歌」を、古代人は「神の意志の現れた歌」と見なしたという。

星野徹はより抽象的に、「神の来訪を先触れする歌」（『詩とは何か——詩論の歴史』）と解している。言葉だけ置いて、抒情はあたえない。風景だけあって、そのなかに在るはずの「私」はいない。不在を不在のまま浮かび上がらせることで、神を召喚しようとしているのだ。存在の空孔を、神によって補塡しようとしているのだ——二人の解釈は、そう告げていると思う。危機と抒情のあいだに、「神」を降り立たせること——「神話的な空間」は、本来こうして生れるのだろう。

外山功雄の詩は、「神話的な空間」を造形していない。「主体という物語」（小坂井敏晶『責

[illegible]い、『虚構』）を超える契機を蔵してもいない。あるのは精神の残骸だけだ。

言葉は関連づけられないまま、垂れ流される。「虎」「花実」「ばあさん」「血」「五斗角形」「食管」……これらの単語は、外山の心象風景から生じたものではない。自我と〈世界〉がぶつかり、格闘して得られた言葉ではない。彼の言葉は、外界から「注ぎこまれ実体」化するものなのだ。岸田将幸、小笠原鳥類も同断である。

ある時、（私はここにいる）私は溶けていた
つまりそれは思考的であり、追憶的であるのだ
星雲のかたちは様々であるが、
彼らはぼんやりと回っているかもしれないのだ
つまり溶けているかもしれないのだ

（岸田将幸「空と会話」）

街並。によってかき、むしられた頭蓋骨の裏
。をさらに追いつめてゆく爪先、から伸びゆ
く粘液。

（同「空想紛糾。」）

ゆっくりと動いたりうごめいたりする人々が後ろに常にいて、あわよくば喋ってやろうと機会を狙っているのです。

（小笠原鳥類「標本は生きている」）

脳の断層撮影は電磁波によって行われ、
魚の霊が淡く写る場合もある。
電磁波の、平面の膜が、
「霊を呼ぶ」のだろうか。

（同「「新しい『魚歌』」のための讃歌」）

こうした症状は、「自我漏洩性分裂病」と深いかかわりをもつ。藤縄昭は論文「自我漏洩症状群について」のなかで、その特徴として七点を挙げている。興味深いものを抜き書きしよう。

体感異常[*1]（心気症、体感症）が、必ずといってよいほど並存する。
妄想の体系化の傾向がみられない。
人格崩壊の傾向はないか、あっても軽度である。
社会復帰は一般に困難のように見える。

重症神経症ないし境界例のレベルにも、同種の病状のみを発現するものがある。

外山・岸田・小笠原の詩には、体感症の訴えと取れる表現が頻出する。つぎのようなものである。

「胃袋は完膚なきまでに拡張された」「完膚なきわたしたちの臓物」「満身の破れ目」「横溢すもろもろ感涙を分泌し随喜の甘露はやや薄まります」「全身を胃の腑となし」「さまざま毛玉といい胆石といい通行のさまたげは時みちておおいなる障りとなります」「ヒトの脊柱これをつなぐ数珠」「胃の腑□を過ぎてからまり詰まる」「漉しとるに適した口吻」「完膚なき口腔や導管壁□から圧力の度合いによってよい塩梅に滓が漏れだす」「身のまわりがのこり滓にまみれる」「漉しとった甘露の精髄はすぐには費消せず胃の腑の次の間に溜めこみます難渋す」「わたしたちは胃□壁をいたわりまた酷使し近在に漉し滓がみちれば粘転し」

（外山功雄「U□WT：参りました」から抽出）

「眼球の中ではあわ、い酸水」「化膿した煙をのどの底から押し上げよ」「わたしの瞼は傷塊、そして、窓塊」「病足訝る湿度のなか溶けてゆく」「目を絞って分裂しそう」「わたしの顔へ装飾を施そうとする草原」「常に死に続けなければならないこのどうしようもない汁」「頭の中にも排泄された」「からだは、前から後ろへ、子宮状」「心臓をフォークで遊びながら」「目の下の倉庫には咲かない種が豊富」「からだは茎のない花、穴でない穴」「こめかみの下からは脊椎（動物）の濁流」「眼球だらけになっている顔面」「方位が流れた咽喉」「骨が溶けた風」「頬と手の甲に見えない紐を結んで引っ掛かった太陽」「耳に白濁が満ちてくれば草」「眼球の蛍」「無数の後ろ指が夜を生んだ顔に入る」「水晶体には痔の散乱」「わたしという、排水口」「陰核は折れて」

（岸田将幸「序（無方位な散骨が……）」から抽出）

「緑色の寒天ゼリーみずうみ」「肉色金属のテリーヌ」「液状粉末が肉色」「砂の上ゼリー」「緑色ゼリー巨大水槽」「調味料の浮き実の人々」「ベクトル動物ゼリー粘菌」「粘膜に覆われデザート」「ふるえる虹色ゼリー」「動くアルビノチョコレート白」「人体ペースト」「床に人も塗られて」「おさかなシルバー銀色皮膚」「緑色の透明なガラス腐敗水族館」「水圧哺乳類」「内臓クリスタル」「内臓迷路」「内臓パズル」「内臓スポーツ」「内臓の中を廊下を歩くように歩いた」「暗い寒天ゼリー」「暗い粘着調味料肉」「肉色調味料粘着」「ガラス決着の粘着ゴム」「ペーストの猫」「哺乳類は大方が貼り付いて枕」「遊星ブイヨン」「砂ケーキ・ゼリー」「あざやか呼吸粘着」「建物の外にも流出して枕」「溶解建物」「軟質軟膏の水ウォーター」「寒天ゼリー充実水槽」

（小笠原鳥類「腐敗水族館」から抽出）

また、彼らの詩には一貫性がない。始まりも終わりもなく、任意の地点から語り出され、語り終える。妄想を完成させる意志が見られないのだ。城戸朱理は、外山功雄、伊武トーマ、桑折浄一の三人についてつぎのように言っている。肯定的な文脈でなされた発言が、逆に否定的な見方を補完する好例である。

　完結へと向かうのではなく、言葉を重ねることによってある空白感の表明といった形に全体が指向されている。（野村喜和夫との対談「「あらゆる根拠はない。詩作せよ」」）


　彼らの発言は、自己神秘化や子供じみたカッコつけを除けば、まずまず首尾一貫したものと言える。あからさまな人格崩壊の傾向は見られない。

　ゼロ年代詩人には、分裂病でない者（！）もいるだろう。彼の正体についても、ここで明かされる。「重症神経症ないし境界例」——

　私は、詩人と思われた者が病者だったことを告発しているのだろうか？　そうではない。病理学的解釈にすっぽり収まるものを書いて「詩人」たりえてしまう、この時代を告発しているのである。

　精神崩壊のかたちが、「詩」として流通することは許されない。抒情や歴史を主体的に生きることが詩だとすれば、自我が壊れ、伝達という機能を奪われ、外界のノイズを反映しているだけの外山は、詩人ではありえない。

にもかかわらず彼は、ゼロ年代詩人への強い影響力をもっている（二九頁参照）。時代が病性を孕んできたからだ、と言って片づけることはできない。このような作風が、以前になかったわけではないからだ。たとえば、山本陽子を思い出すことができる。

あらゆる建築をうちこわし、
いかなることばを
あとにのこすな、
すべてをもえつき、
もやしつくせ、
全けき白さをひっさらって
　　死のとりでをひとこえよ
あの　交わり
　　この、つどい
　／長がい、白い　途のはつ
あわい、ただよいいだす、流きが
　次第に、ざわめき　充ち
云、かよう、閾へ

（「よき・の・し」）

充ち、漂よう

（「遺稿」）

言葉と主体の破壊は、ほとんど同時におこなわれている。書けば書くほど「私」の顔は見えなくなる。詩を書くことが、人格を壊すことになっているのだ。

その晩年について、陽子の母・昌枝はこう証言する。

あたしがあなた（陽子）は病気だから医者いかなきゃだめだとかいろいろ言ってもね〝いいのよお母さん、わたしはもういつ死んでもいいんだから〟って言ってね。死っていうことをいくら言ってもなんとも厭がらなかったです。

（インタビュー「お母さんの話」）

「私」の崩壊は、人間的内実の危機と結びついている。この証言は、それがタナトス（死の欲動）への傾斜としてあらわれ出てくることを示している。言葉を変えれば、山本は確かに危機を生きたのだ。

ゼロ年代詩人は、危機に陥ってさえいなかったのではないか。彼らにとって、危機さえも一つの玩具にすぎなかった。岸田や中尾太一の軽薄極まる発言（三三〜三四、三七〜三八、八〇、一一〇頁参照）を見ても、そのことがわかる。

さて神山睦美は、シンポジウム「「戦示」を生きるということ」でこんな問いを発している。

（新しい世代の小説家も詩人も）もともと死や悲惨といったものに対する感受性に独特のものがあるといってもいい。それを別の「タナトス」という言い方で言ってみたりもしたんですが、死や災厄に対する感触や欲望がつよいということは、吉本（隆明）さんのいう「無」ということの内側を現しているといえるのではないか。

これに安川奈緒は、

私はいま詩を書いている者として言いますが、ここにいる五人（岸田将幸、中尾太一、手塚敦史、山嵜高裕、安川奈緒）のなかでディザスター（災厄）とかタナトスとか、そういうものに魅入られているのはたぶん私だけです。この四人は違うと思います。

と反論している。ここは安川に一理ある。ゼロ年代詩人にタナトスなどありはしない。彼らに、死の淵へと歩んでゆく勇気はない。言葉も生命も破壊し、その果てに新たなものを見出そうという気概はない。あるのは卑小な自己顕示欲だけだ。

2　ダダとゼロ年代詩　誰も破壊しなかった

ゼロ年代詩における言語破壊の実相を——それが破壊ですらなかったことを——見てきた。

ここで一つの疑問が起こりうるだろう。ゼロ年代詩とはダダではないのか、その再来、復活ではないのかと。

ダダとは、言葉の破壊をとおして「まったく新しい世界への入口」（塚原史『ダダ・シュルレアリスムの時代』）を見出そうとする運動である。それは徹底したものだった——彼らは言葉を爆破し、「入口」さえも土砂で埋め尽くしてしまった。ダダは既成の言語活動に死刑を宣すると同時に、自身をも破壊したのだ。その精神の一端を垣間見るため、ツァラの発言と詩を引用しよう。[*2]

規律も倫理もない厳しい必然性にしたがって、人間性などというものに唾を吐きかけよう。

（「アンチピリン氏の宣言」）

私の母よ　あなたは電気を集め貯えた雪のなかで待っている
寓話のなかの
教訓

木の葉は翼をつくるために集り島のうえでわれわれの心を鎮め　そして天使の命令の
　ように舞い上る
白い火
（「わが心の闇の大いなる嘆き歌（二）」）

お前の眼は焼ける――降りよ銅の蜘蛛よ
心臓の上で待ってくれ　娘たちのドレスのように
癒着した縁取りのあの美しい幾つかの斑点を私はもっているから
灰の虹となって
幾多の濡れた彩色は酔って
さまよう
（「病める地表」）

ダダは一切を破壊し否定する。しかも「ダダはなにも意味しない」（「ダダ宣言一九一八」）。かたちはゼロ年代詩と似ているかもしれない。だが精神的内実はどうだろうか？　「ダダは、倫理へ到達しようとする抑えがたい意志から、（略）個をみずからの本性の深い必然へ完全に合一させるよう要請する反抗から生れた」（「シュルレアリスムと戦後」）とツァラは言っている。

ゼロ年代詩人に深い倫理があるだろうか？　つぎに引用するのは、岸田将幸『生まれないために』の一節である。「荒川修作『死なないために』を意識したタイトル」（岸田将幸、小林坩堝との対談「事後の生、歩み出す「文」」をもつこの詩集は、不可解な表現にみちている。

乱反射する水道に
寒い
わたしは
死（この音を反芻せよ）
終わりがおのずから呟く
ここでわたしは語ることができない
ここでわたしは語ることができない
恐ろしくも、待つこと
待つこと、ここで待機せよ
ここから先はすべて無意味である
（「ナイトスイミング」）

初めの四行の運び方には、日本のダダイストが試みた詩形の遺伝が感じられる。

女と若者が
　広場で
　　秋だ

煙火の遊戯をしてゐる
俺は餓ゑた
坂を匐ひ上つて来た
　固い眼で
無神経のやうに
（萩原恭次郎「無題」）

五行目以降は決定的に違う。萩原は「本能の激怒」（同）にしたがって言葉の歩みを進める。

彼等は行く静かに
確然と
（「廻転する生命」）

始業だ！終業だ！歩け！始業だ！終業だ！歩け！
（「朝・昼・夜・ロボット」）

すべり出せ　走り出せ　強暴に！
（「ポールを胸に掛けて走れ！」）

その手を挙げてつゝ走れ！
（「何百の眼球がつぶれ歪んだのだ！」）

静謐性と凶暴性が混濁しつつ、萩原の精神は「一切の最大目的」（「序」）すなわち自由へと疾走する。「始まり」と「終わり」のあいだをロボットのように歩き回る詩人は、いつしか駆け出し、秩序に向けて「肉体をピストルの弾丸として射ち込」（「朝・昼・夜・ロボット」）むのである。

岸田の詩では「終わりがおのずから呟く」。その先は「無意味」な領域であるから、始まりと終わりの境界で「待機」するという。

ここで「終わり」は自明のものとされている。萩原は「始業」と「終業」という、秩序にさだめられた時間軸への従属を拒んだが、岸田は「終わり」という観念に疑問をもっていない。

自分の終わりなのか。時代の終わりなのか。世界の終わりなのか。それすら明示されない。彼にとって、この三つはさして変わらないものなのだ。外界と内界の境が破壊される現象は、すでに外山功雄のケースを見てきた。

萩原には、秩序と権力への獰猛な怒りが潜んでいる。彼にとって、実存の目的は自明である。

私の発砲は
私の全目的である　（「死は奴隷と主人に無関心である」[*3]）

テロリストである「私」と、帝国主義国家として再編される故国のあいだには、黒い壁が存在する。外界の強靭さが、逆に内界を確固たるものにする。

爆弾を投げる。爆風は投擲者をも傷つける。その血液が萩原の詩である。

萩原と岸田には、はっきりした相違がある。萩原は世界を、輪郭の濃い一つの実在と見ている。彼はそこから脱出しようともがき、言葉の爆弾を投げ、最後は解体を遂げる。つまり、破壊が破壊として認識されているのだ。言い換えれば、破壊者としての加害意識が表出されている。

岸田にはそれがない。世界と自己の境界は曖昧である。そのなかで、よくわからないが壊れている、そんな印象をあたえる。

言ってみれば、岸田の破壊は「事後」なのだ。彼に限らず、ゼロ年代詩には事後性が色濃く漂っている。

十四世紀に
わたしたちがすでに語りあったように
生存の棘はあられもなくターミナルの雑踏において反復され
（杉本徹「灰と紫」）

いま僕は知らないおじさんから何年も前に届いた留守番電話を聞いている

知らないおじさんが電話をかけていた公園には、記述を続ける、歳をとったかなしい
僕も行くだろう
（中尾太一「その月は僕にとっては残酷な月だったけれど、君にはどうだっただろうか」）

〈世界〉が壊れ、終わったという認識は、ゼロ年代詩人にある程度共有されているようだ。だが本当はいまも壊れているし、明日も壊れる。ただ、その瞬間に立ち会うことができない。現場に着くころには、犯人の姿もなく、壊れた物事が横たわっているだけだ。なぜこんなことになるのか？　それは〈権力〉や悪の顔立ちが霧につつまれ、はっきりわからなくなったことと関係があろう。

意識の媒介が、だれにも見通せる形でおこなわれていたあいだは、つまり、教師が生徒のまえにちゃんと立ち、弁士が聴衆のまえに、親方が徒弟のまえに、司祭が信者のまえにハッキリ姿をあらわしていたあいだは、それが媒介された意識だということは、自明のこととして、問題にならなかった。それが問題になるのは、見通すことのできないばあいだけである。意識の媒介が、産業的な規模でとりあげられるようになって、はじめて、意識の社会的誘導とか、媒介とかが問題になる。
（エンツェンスベルガー「意識産業」石黒英男訳）

不正は誰によってなされるのか。惨苦は何処からもたらされるのか。まったく見当がつかない。だから、いままさに壊されている者の悲惨が見えない。叫び声が聞こえない。エンツェンスベルガーはこれを、私たちの意識が「収奪」され、現実の核から遠ざけられているためと考えた。

ゼロ年代詩が事後性を纏っているのは、その反映である。しかし彼らは、その悲惨を理解しているだろうか？　岸田はこんなことを言っている。

私たちは目の前にいる最愛の人を尊重し抱きしめなければならない。

（「リカバリーとしての遠距離」）

私であれば私の血の関係を守るということ。もしくは友人なり婚姻関係なりで寄り添うことを決意したひとをいかに守るかということを考えるわけです。

（瀬尾育生との対談「詩魂を継ぐこと　なぜ鮎川信夫なのか」）

自分より生きたかった人間が何人も死んでいった。それに対して最敬礼のかたちを一生崩さないというのがぼくの態度

（シンポジウム「われわれは「以後」の現実を生きているのではない」）

ゼロ年代詩人は悲しみを知らない。苦しみも知らない。それらをアクセサリーとして使いこなすことしか知らない。白馬のような言葉に乗って颯爽とあらわれる詩人。彼を信じてはならない。白馬はペンキで塗られた驢馬にすぎない。詩人は言葉で着飾ることを覚えた末人[*4]にすぎない。彼は甘い声で告げるだろう、王宮に連れていってあげるよ、と。だが、その手を取ってはならない。その声に耳を傾けてはならない。目を凝らせばわかるだろう――そこにいるのが王子でなく、女衒だと。彼を信じる者の行く先は、王宮でなく精神の売春宿だと。

私たちが騙されないことを知った詩人は、街に逃げ帰る。街の名は「言葉の世界」（五一～五四頁参照）である。抒情とも実存とも隔絶されたその場所で、彼は自慰する。

「事実の世界」の面影を曳いていた街は、美しい畸形の果実をかつて実らせた。だが開拓者の子孫――ゼロ年代詩人は、先祖の遺産を喰い潰した。もう一つの〈世界〉に旅立つこともなく、近親相姦を繰り返した。土地は荒れ、新しい言葉は生れなくなった。

彼が悔いることはない。「事実の世界」と「言葉の世界」のあいだで迷っている者を見つけては、こう囁く――おいで、ここは楽園だよ、と。

私たちは「言葉の世界」に引き寄せられないだろう。「事実の世界」に閉じこもりもしないだろう。二つの「世界」を統御する、ただ一つの〈世界〉へ向かってゆくだろう。道は長く険しいが、私たちの手には松明がある。火の粉を「言葉の世界」に飛ばしてみるのも一興だ。ゼロ年代詩人の阿鼻叫喚をバックミュージックに、旅してゆくのも悪くはあるまい。

3　SF、ファシズム、ゼロ年代　しかし一切は破壊された

本章で私たちは、ゼロ年代詩人の意識下に漂う禍々しいものの正体を暴くだろう。岸田将幸、小笠原鳥類の詩を思い出してみよう（三一～三三頁参照）。「熱いゼリー」といい「虹色脳油」といい、一見母胎ともまがう温かな空間のようだ。だが、この「温かく明るく」「優しい」感じは間違っている。それは、あるSF小説の一節を想起させるような、生理的な不自然さをともなっている。

> ベッドの縁に尻を乗せた。足を上げ、ゆっくりと筒の奥のほうへ伸ばす。尻の下がむず痒く、なんとなくくすぐったい。背中をスポンジの上に乗せる。むず痒さが身体の裏側全体に拡がった。両手両足をベッドの形が要求する格好に拡げる。頭をゆっくりと下ろした。
>
> スポンジ・ラバーは、すぐに皮膚になじんだ。感触は悪くなかった。見た目と違い、実際にその上に身体を置いてみると、いつまでも身体をこすりつけていたくなるような感覚だ。なんだか、性感をくすぐられているような気持ちがした。

（岡嶋二人『クラインの壺』）

ベッドの下から、絶え間のない細かい振動が僕の身体全体に伝わってくる。ゴーッという音が、強弱を繰り返しながら壁と床の向こうで鳴っている。

僕は最初、これはK2の中を見上げているのだろうと思っていた。彎曲した天井が、そんな感じを抱かせたのだ。何が起こるのかと、しばらく天井を見つめるうちに、妙だということにようやく気づいた。

はっとして、僕はベッドの上で身体を起こした。

ベッドが、変わっていた。

（同）

「K2」とは、仮想現実を体験させる装置のことだ。主人公はこの奇怪な発明の実験台になるが、しだいに架空と現実の境を喪失する。この世界が本物か否かを確かめるため、彼が自殺するシーンで物語は終わる——

連想を飛躍させてみよう。辺見庸は、武田泰淳の「滅亡について」を引きつつ、こう述べる。

「すべての倫理、すべての正義を手軽に吸収し、音もなく存在している巨大な海綿のようなもの」と「すべての人間の生死を、まるで無神経に眺めている神の皮肉な笑いのようなもの」は同格の全的にアパセティック（無感動）な観念の形象です。

（「いま、なぜ「滅亡」なのか」）

いまから六十数年前に泰淳がイメージした「巨大な海綿のようなもの」は、しかし、二〇一二年現在だって死滅していないどころか、世界じゅうで増殖しているようにわたしには思われます。（同）

論理や情念をスポンジのように吸い取り、無化してしまう巨大な何か。ゼロ年代詩人は、この不可解な存在を摩擦もなく内界に導き、言葉の原風景としている。岸田や小笠原の歌う「母胎」に似た何かは、私たちを白痴にする。ファシズムのように、わけのわからない安らぎと、わけのわからない慄きをあたえる。それは私たちが生れてきたところの母胎と、何の関係もないものと言わねばならない。

「脱走したい、——海よ　母よ」
把手のない扉。
小さな鍵穴。

（鮎川信夫「病院船室」）

虚空になげあげられた恐ろしき叫喚——
「地平線はどこにある
彼女の位置はどこにある
難破船はどこにある
彼女の憂愁はどこにある」

（同「トルソについて」）

「海」のような必然的情況のなかで、「虚空」に向かい「叫喚」を上げることによってしか、母なるものに辿りつくことはできない。そのためには、逃げ場のない情況を見出さなければならないのだ。脱走するためには、まず閉じこめられねばならないように。

岸田と小笠原は歴史を遮断し、母胎に似た「優しい」空間を偽造し、そのなかで自慰している。

主体性の放棄は、情況への消極的なコミットを意味する。空虚になった自我は、偽りの絶望と偽りの希望でみたされる。彼らは「詩人」ごっこに興じ、やがて虚無の淵に滑り落ちる。

私たちは、ゼロ年代詩が確かに「無」であることを確認した。この事実は揺るがない——たとえ彼らが、こう言い立てたとしても。

こうやって四人[*5]が名前を連ねてイベントをやると言って、ひとつの場を持つことができるのは、この五、六年のあいだに詩集を出した人たちのなかで、何かがあるからだと思うんですよ。だから「無」であると言うのは不可能で、この五、六年の詩をある程度みなさん書きながら読んできて、（以下略）（安川奈緒「「戦示」を生きるということ」）

やることをやっているのに、なんでそんなことを言われなくちゃいけないんだと。そんなわけはないんです。歴史自体のあり方も踏まえても、そんなことは絶対にありえないので、言うことはどんどん言っていったほうがいいし、馬鹿にするときは馬鹿にしたほうがいいし、書くときはちゃんと書かないといけない。（山嵜高裕、同）

「名前を連ねてイベントをやる」ことにした、そして四人があつまった、だから「何かがある」だと？

存在は論拠にならない。「生は決して論拠とならない」（ニーチェ『悦ばしき知識』信太正三訳）のだ。私たちは戒めねばならない。「歴史自体のあり方」とやらに頼って、自己証明することを。歴史は一つの実在である、私たちも歴史のなかの実在である、だから私たちは無ではない……こんな詭弁に逃げる者は、生れたときから死んでいるのだ。

私たちは、「イベントをやる」ことによって自己を定立しない。「歴史自体のあり方」に、もたれかかることもしない。私たちを定立するのは、ただ私たちの言葉だけだ。始原と未来にふれることを、望んでやまない言葉だけだ。卑小な者を滅ぼすことを求めてやまない、言葉だけなのだ。

＊1　「身体的病変がないのに「頭の中がベトベトする」「胃に穴があいている」などの奇妙な体感の異常を訴える病態像」（『精神科ポケット辞典　新訂版』）のこと。

＊2　いずれも浜田明訳。

＊3　以上、『死刑宣告』から。この詩集は独自のレイアウトが採用されているが、引用に際して文字サイズ等を統一した。

＊4　「かなしいかな！　やがてその時が来たるであろう。人間が人間を超えて憧憬の矢を放つことなく、己が弓の弦を鳴り響かしむるを忘れ去る、その時が来たるであろう！（略）見よ！　われなんじらにかかる末人を示す」（ニーチェ『ツァラトストラかく語りき』竹山道雄訳）

＊5　安川自身が除外されているのは、司会だからであろう。

煉獄とドラえもん　中尾太一、白鳥央堂論

1　未知から無知へ

「言葉の近親相姦」では、言語の破壊や新作をとおして書かれる「詩」を考察した。本稿であつかう詩人の言葉は、壊れていない。それどころか、その詩句はときに抒情的にさえ見える。しかし風景の運びが何処となくおかしく、意味や思想が結実しないのだ。
この類の詩は、ゼロ年代詩の一角を占めている。つぎのようなものである。

川面の映る天空に、冴え渡る、色の舟を描き出し星の名前を漁った旅団《Army》の座標を、（x
…y…）
たかい、たかい、と持ち上げながら、腕の軌道も「書記可能領域《メトロプレックス》」の見果てぬ区画の
一室で小さな明かりを灯していた
それを隠すように二枚の落葉が（川の流れと一緒に）枯れていくと、小さな旅を終え

て傷ついた師弟の言葉は森の中でもう眠ろうとしている　（中尾太一「星の家から」）

廃墟が美しく変わるとはどういうことか。おまえはまんなかで背を伸ばして、丘と等しい高さの星々が吐く煙霧を、右腕で轢いて、走った。つまり彗星になって。まだ生まれてさえいなかったハードコア・バンドに、トロントという名とそれから街をあたえた。他人が眼を閉じると夜は終わる。盲目の異性を愛したことがないから、朝の訪れはだれにも決められない。「The Vanishing Poems」と、詩集の言葉をくりかえしつぶやきながら、それが人名に聴こえるまで開拓惑星の夢を覚えていたけれど。もう、忘れてしまった。

（白鳥央堂「（Silent）Hymn」）

イメージの流れはゼロ年代的——断片的、没意味的、非歴史的——だが、使われる言葉は何処か幻想的だ。舟、旅団、落葉、森、廃墟、彗星、盲目の異性、開拓惑星。現代は未踏の領域が擦り減ってゆく時代である。未知なるものがなくなり、主体の変容可能性は圧殺される。にもかかわらず「旅団」といい「開拓」という。

こうしたイメージの源泉は、流行歌や映像の断片である。彼らの詩は抽象映画のように、断片の積み重ねによって成立しているのだ。

さて岡田晋は、アラン・レネについてこう述べている。

モンタージュは、個々のショットを、一つの論理につなげる方法であった。（略）ところが、レネのやり方は、あきらかにモンタージュの古典にあてはまらない。

（「アラン・レネの世界」）

一つのイメージと一つのイメージが、結びついて何かを語るのではなく、イメージ同士が相互に転位の、イメージのもつ現実的内容が、時間と空間の年代記的関係が、プルーストの「私」を越えた歴史の状況として溶解する。

（同）

複数の断片があつまって、一つの論理を導き出すのではない。断片が断片のまま相互に影響し、溶けあい、「人間の内的状況」（同）を浮かび上がらせる。

広島を舞台とした『二十四時間の情事』について、佐々木基一はつぎのように言っている。少し長くなるが、レネの方法の本質を示したものとして引用する。

この作品には複雑なアイロニイがすべてのショット、すべての場面に含まれていて、容易に解きほぐすことのできない、もつれにもつれた糸玉を思わせるものがある。原爆反対のデモ行進を、劇中劇として描いたところに作者たちのアイロニイはもっとも明瞭にあらわれているが、重い空を背景にして次々とあらわれるプラカードの文句には、誰ひとり異議をとなえることができない。それは文句なく正しい。しかし、そのプラカードは、サンドイッチマンが持ち歩く映画宣伝のプラカードみたいに見えてくるのだ。作者はプラカードを揶揄しているわけではない。ただ作者の心には、プラカードを持ち歩き、デモ行進をするだけでは解決されぬ問題が予感されている。そして作者はその予感を正確にイメージ化することによって、映画を見る人に考えるヒントを与えようと意図しているかのようである。

（「アラン・レネ「二十四時間の情事」――ヒロシマで人を愛するとはどういうことか？」）

一つの論理で解き明かすことのできない問題を、映像世界に導き入れるため、既成のモンタージュ技法を逸脱した手法が選ばれる。レネの断片は、イメージの断片であるだけでなく、時間の断片であり、思想の断片でもあるのだ。

それではゼロ年代詩における「断片」は、どのような意味をもつだろうか？　またどうして彼らはそうした手法を選ぶのだろうか？

ネスト
という言葉が
あったはず、意味は知らない
調べない
ぼくが

ひとに好かれない理由も
あったはず、理由は知らない
探さない

（白鳥央堂「ネスト」）

ネスト（住処、入れ子構造）という単語の意味を知らない。「ぼく」が好かれない理由も知らない。知らないままにすることで、〈現在〉に奥行きをもたせようとする。〈世界〉に近づかなければいいのだ。そうすれば一切は神秘性を纏うだろう。現代は未知への情熱を奪った。だが無知であることによって、存在の謎は復活する。言葉のなかで、世界はふたたび未知になる――白鳥の方法は、そういう精神のルートを辿って確立された。既知を未知と思い込むことによって抒情を生み出す方法は、最初から行き詰まりを予告されている。だから「ネスト」はつぎのように終わる。

ネスト、思い出せない　狂っていよう

それにしてもこれらの詩は、外山功雄や岸田将幸のそれと似ても似つかない。分裂病的意識で書かれた詩が、抒情をかたちづくることはない。だが中尾や白鳥には、私たちの渇きを癒すものがありそうではないか？

しかしそれは見せかけにすぎない。ここに、「一挙にある世界を読者に与え、彼をその中に引きずりこむ力」（大岡信「現代詩試論」）などない。それは彼らが、統一的な風景や意味を結ぶ努力を放棄しているからに他ならない。

全体像は提出されず、バラバラの断片が投げ出される。それらは美しいと思えば美しいし、面白いと思えば面白い。私たちは感動さえできるかもしれない。そう努めさえすれば。それなら、それでかまわないのではないか。瞬間が「うつくしい」イメージでみたされていれば、いいのではないか。詩とはそんなものではないのか。

だが違うのだ。たんねんに読み解いてみると、やはりここにも「無」の光景が、分裂病的言語の遺伝がある。浸っていると、やがて主体も歴史も失われてゆくような、悪性の液体――ゼロ年代詩は絶えずそれを分泌している。この特性は、白鳥央堂において極点に達した。

2　痴呆的抒情

「神話的な空間」について、あらためて考えてみよう。

吉本隆明さんが、若い世代は神話を作る力がないとか――ぼくは一般的にそうは思っていなくて、若い人たちこそがむしろ非常に神話的な空間を作っているんじゃないかと思うんですが――、「無」である、とかいう言い方をされたんですが（略）白鳥（央堂）さんの場合は、まさに神話的な空間を作っているわけであって、ある意味で二十代くらいの詩人たちの問題を集約して背負っている感じがする。

（瀬尾育生、杉本真維子との対談「対極的な二つの才能」）

これは逆説だろうか。それとも瀬尾は、吉本が「若い人たち」の神話的空間を自閉的集まりと見間違えたのだ、と言いたいのだろうか。

〈神話〉とは何か。〈神話〉に重量をあたえるものは何か。

伝承や説話のたぐいは、語り伝え、唱和、口伝のうち、どれをとっても、未明の共同体のひとびとが、じぶんを伝承と地続きのままに生きているとかんがえているあいだは、〈神話〉に転化されない。〈神話〉が湊合され、編成されてゆく動機には、じぶんたちがよく知っている伝承や説話のたぐいが、共同体のひとびとにとって観念的に疎遠なもの、だから共同体のひとびとの生が、すでに伝承や説話の世界から滑りおちているという意識が、根底にあるはずだ。

（吉本隆明『初期歌謡論』）

〈神話〉はパラドキシカルな存在である。〈神話〉は私たちに、それを現実として信じるよう要請する。その世界観にしたがって生きるよう強いる。にもかかわらず〈神話〉の存在は、私たちが〈神話〉から疎外されていることを意味するのだ。私たちが〈神話〉の世界を外化していなければ、〈神話〉が記述されることはないのだから。〈聖典〉は私たちの傍らに、精神的母胎としての〈神話〉があると告げているかのようだ。だが一冊の聖書は、私たちが聖書の世界から疎外されていることしか意味しない。共同体の成員が皆、一つの歴史を生きているという意識があるあいだは、〈神話〉は発生しえないのだ。

さて「二十代くらいの詩人たちの問題を集約して背負っている」という、白鳥央堂の詩を見てみよう。

送迎バスから零れた音を拾って天窓のきらきらを割る
廃線の仕切る空を蹴って
不可避の洪水譚をかわす
子午線いっぱいの当夜を白いクレパスで潰し
着氷という語彙をものにする
走るさ、
あなたもずっと遅くつぐみに訊く、訊き返しもして
いくつかの讃歌を書く、ふたりで、独りで、それを書く

「あがる幕
ありがとう
記憶しようと想う
忘れてもいいんだから」
そういう歌がありさえすれば
あなたもすぐに歌い終えるさ

（「つぐみに訊いた、いくつかの讃歌」）

戦後詩は、戦争体験を詩的象徴として繰り込むことで成立した。詩人の感性が安穏とした日常生活に慣れるにつれ、「日常性のくり返しを強いられていることにどうやって適応するのか」（吉本隆明「戦後詩の体験」）が詩の問題になる。「生死の境がみえ、歴史が露骨にじぶんを包みという体験」（同）はありようがなくなる。しかしやはり「行為そのものの差異」（同）はあった。それによって「自他を区分け」（同）することはできた。

「あがる幕
ありがとう
記憶しようと想う
忘れてもいいんだから」

もはや「行為」はない。「歴史」はない。「幕」は自分の意志で上げるのでなく、「あがる」。その先にある景色を「記憶」するかどうかも自由なのだ。

これは象徴的な詩ではないのか。「不可避の洪水譚をかわす」というのは、現実世界との衝突を避ける宣言に他ならない。

そのために、「送迎バス」「廃線」といった懐古的なイメージが求められる。「送迎バス」は、自分でない誰かが、自分を何処かに連れていってくれるものだ。「廃線」は時が流れたからそうなったのであって、自分の意志は関係ない。一切は決定されているが、自分の責任ではない。自分はただ不可避の破滅を、物語に自閉してかわせばいい。

「空」を蹴った上、つまり天国から、廃れる風景を眺めていればいい。やがて地に落ちるが、そこは「氷」のように漂白された世界だ。死や破滅といったネガティブな事柄は、あらかじめ排除されている。そんな場所を「走」ったところで、いかなる物語も生み出されるはずはないが、そこで「あなた」と「つぐみ」の存在が案出される。二人が異質な印象をあたえるのは、それが物語の原基だからである。

歴史を全否定するためには、白鳥にとって歴史が発生する前の時代に、つまり胎児時代に戻らなくてはならない。彼はその位置から「讃歌」を書く。その歌声は神話的というより、単に非歴史的である。歴史の流れを否定し、白い世界を「走る」白鳥には、歴史修正主義の欲望さえほの見える。

「うぶる幕……」の四行は、別の詩に再録されている。

アコーディオンを弾く
髪の重い姉の傍らで
倒れることのできない
緑色の花がある

（「open/start」）

この作品は四篇の四行詩で成立しており、「アコーディオンを弾く……」は最初に、「あがる幕……」は最後に配置されている。

「緑色の花」は非現実の象徴である。あらわれない、あらわれたとしても枝葉の部分にしか見出せない性質を、白鳥は言葉で花咲かせようとしている。清純なものを希求している。

清純なものばかりを打ちくだいて
なにゆえにここまで来たのか

（森川義信「勾配」）

ところで、白鳥に罪悪感は存在しないようだ。

だめだろ、こんなの
全部、くそみたいな、

ゴミ箱行きの　しだよ

（「二度は燃えないゴミの詩」）

ぼくの、
手垢の、
うた！
はなうたです、いや、はなくそです

（「亡羊と、ぐりぐりのきみへ」）

批評の刃が胸を抉り出すでもない。破滅的な情念が噴き出しているでもない。白鳥の自嘲は、照れ隠し程度の意味しかもっていない。

非望のきはみ
非望のいのち
はげしく一つのものに向つて
誰がこの階段をおりていつたか
時空をこえて屹立する地平をのぞんで
そこに立てば
かきむしるやうに悲風はつんざき
季節はすでに終りであつた

（「勾配」）

戦場に散った若き詩人の絶唱である。「はげしく一つのものに向つて」ゆこうとする青年期の破壊的情熱が、ある地点（勾配）で立ち止まり、沈思を強いられる。しかし精神は、さらなる飛翔を求める。

だがみよ
きびしく勾配に根をささへ
ふとした流れの凹みから雑草のかげから
いくつもの道ははじまつてゐるのだ
（同）

その道の一つが「荒地」だった。幾人もの才能ある詩人たちは、焼け跡を精神の原風景とし、思想と抒情の新領土を開いてみせた。
白鳥は、白鳥に象徴されるゼロ年代詩は、いかなる道を行くのだろうか？

春走るバスは
天国を抜けて
フィンランド語教室へ
（「春はふたりぼろバスの最前に飛び乗って盛大に燃やすゴミの詩」）

フランス語教室でもよかったのではないか。ドイツ語教室でもかまわないのではないか。そうではない。数ある言語から白鳥が「フィンランド語」を選んだのは、きっと「フィン」の音に「fin」（終焉）を聞き取ったからだ。「ランド」の響きに新世界の希望を感じたからだ。

語の響きや詩句の余韻が喚起する茫漠とした「感じ」が、白鳥にとって「讃」むべきものの本質である。

たとえば
傾いた憐火のたもとに往還船が冴えない日記を結び
祝祭は夏野に、無数に膨らんでゆっくりと内破してゆく
（「Lullaby」）

日常生活で発せられるべくもない単語が散見される。私たちはこれを、風景として素直に感受すべきだろうか。複雑な表現に、少しでも白鳥の精神性がかけられていると、信じるべきだろうか。

違う。「憐火」「祝祭」は確かに、イメージを喚起する。脳にアニメのような像を結ぶ。それは美しいかもしれない。自我が目覚めなければ、最後までそう思うかもしれない。夾雑物を取り除いて世界観を深めれば、「人工楽園」の一つぐらいは作れるかもしれない？ しかし白鳥のヴィジョンを根底で支えているのは、風俗的断片である。

航空ショー、ハードコア・バンド、ミラーボール、レイチェル・ダッド、ヤン・ティルセン、百万回も猫は生きた、ハリーポッター、アルツハイム、透明飛行船、革命飛行船、クリア・ヴァイナル、サウンドトラック、サイレントリーグ、三角パックのカフェオレ、大長編ドラえもん、グレングールド、携帯電話、シャトル模型、ジョン・クロウリー、ネバーエンディング・ストーリー、ファミポート、ファミチキ、ぐり、ぐら、ユーチューブ、ペンギンカフェオーケストラ、サウンドスタジオ、太陽の溜息、ファミマ、ダンボールハウス、虹の梯子

詩集『晴れる空よりもうつくしいもの』から抽出した。永遠とか煉獄という大仰な言葉と、これらは違和感なく併存している。

これを無と言わずして何と言うのだ？　こうした断片は、詩的世界を補完する道具として用いられる。間違っても〈世界〉は破られない。「飛行船」が空を突き抜けることはないし、「ユーチューブ」の音楽が静謐な空気を乱すこともない。

漂白された〈現実〉――死も惨禍もない、彼を傷つける人間もいない、褒める人間しかいない、架空の領域――を白鳥は言語化している。そこでは一切が不動化する。美が痛みのように感じられることもないし、風俗に吐き気を催すこともない。一切はただ「うつくしい」。

そうして得られるものは、「国旗」も「ファミチキ」も等価な世界（三六頁参照）――栄光も悲惨も、主体も客体も、マルキシズムもナショナリズムも、一切が無化された世界である。白鳥とその同族以外、誰も住んでいない街である。生きるに値しない場所である。ゼロ年代詩人は党派性に支配されない。国旗にも赤旗にも何も感じない。政治的価値にも文学的価値にも、切実な関心がない。彼らは唯美主義の矮性種である。美から永遠性を取り払ったことが、その特徴だ。

彼は任意の断片から、「抒情」という液体を搾り出す。それに溺れる。液体が涸れたら、別の断片に触手をのばす。

溜まった液体は、ときに一つの結晶となる。白鳥の詩の「うつくしさ」の正体は何か？抒情的液体が氷結し、それに現実世界の光線が射し込むときのきらめきである。

もちろんこれは、一時的な結晶にすぎない。光りに長時間晒されると、氷の城は溶解する。そして生温い液体が残るだけだ。そこには「詩人」の無惨な顔がうつり込んでいる。

喜劇は何度でも繰り返される。抒情を季節の偶然に任せるのでなく、みずからの主体によって固めなければならない、と詩人が悟るまで。

最も貴いもののみが、真に硬い。

おお、わが同胞よ。われはこの新らしき表をなんじらの頭上に掲げる。――曰く、硬かれ！

（ニーチェ『ツァラトストラかく語りき』竹山道雄訳）

もちろん白鳥が悟ることはないだろう。抒情という液体を実存という固体に変えること——この使命をゼロ年代詩人が担うことはないだろう。彼らは抒情と実存の本源的関係性を知らない。断片をあつめ、大いなる断片を提出するだけだ。それが豪華な「城」に見えたとしても、入城してはならない。

ところで、白鳥が影響を公言する詩人に中尾太一がいる。喜劇的とさえ言えない、彼の発言を思い出してみよう（三八頁参照）。

思想にも政治にも、自己を投影できない。断片的な感性しかない。断片をこねくり回して「詩」を捏造することしかできない。そんな中尾や白鳥が、「EXILE」と内面的な近親関係にあることは疑いえない。私たちはそこに、「一見穏和なファシズムの波動」（辺見庸「抵抗はなぜ壮大なる反動につりあわないのか——閾下のファシズムを撃て」）を見出すことさえできる。

軽く、やわらかく、優しいファシズム。彼らの「詩」は、そのイデオロギー的反映である。意味も思想も結ばないゼロ年代詩は、〈権力〉が拡散し、〈世界〉が均質化し、一切が分離された現代情況のうつしである。

外山・岸田・小笠原の詩が情況の最底辺を模写しているとすれば、中尾・白鳥の詩は情況の浮かれた、愉しくて仕方のない部分を反映している。両者は立ち位置が違うだけで、その内実はおなじだ。

中尾や白鳥の「抒情性」は、意識産業そのものの抒情性である。この痴呆的抒情を許してはならない。

3　郷愁の雪は降るか?

白鳥に「数えられないほど」(シンポジウム「われわれは「以後」の現実を生きているのではない」)多くのものを贈与したという、中尾太一の詩を見てみよう。

軌条によって再び施される術式に小さな悲鳴があがっては消えていくのを、僕はプラ
　ットフォームの上で聞いていた
遅れて届く着信が未だ半透明の君の脚に堆積していき
「君がそこにいない」となんども呟く僕の椅子にはこの夏、ひとひらの雪が降る
僕がそこで震えることのできた噴水は1995年の閉架書庫にだけあったささやかな
　愛の権能からこっそり水を買った
　　(「その月は僕にとっては残酷な月だったけれど、君にはどうだっただろうか」)

夏に雪が降るというくだりは、詩集『数式に物語を代入しながら何も言わなくなったFに、掲げる詩集』のなかで、もっとも秀逸な表現の一つだ。

中尾の詩は基本的に、自動筆記法で書かれている。眠りに落ちる直前の意識状態を思い浮かべてみるといい。言葉や映像が入り乱れ、雑然とし、しかも気分は安らかなはずだ。

そうした断片を紙に書きうつせば、このようになる。

ところでこの詩には、類似した前例がある。吉本隆明「二月革命」である。

紫色の晴天から雪がふる
雪のなかでおれたちは妻子や恋人と辛い訣れをする
いまは狂者の薄明　狂者の薄暮だ
おれたちは狂者の掟てにしたがつて
放火したビルデイングにありつたけの火砲をぶちこむ

日本の正常な労働者・農民諸君
インテリゲンチヤ諸君
光輝ある前衛党の諸君
おれたちに抵抗する分子は反革命である　もしも
この霏霏として舞い落ちる雪

重たい火砲をひきずつて進撃するおれたち
が視えない諸君は反革命である

質はもとより、一つの思想、一つの情念を、言葉として表現しようとするひたむきさが、まったく違う。中尾にとって「夏の雪」は、ただの風景でしかない。吉本は「晴天からふる雪」のイメージから、「狂者の薄明」という異数の空間を導き出し、そこから不可視の革命軍を「進撃」させる。

彼らは現実と次元のずれた世界を歩み、闘う。それは無意味なことかもしれない。だが価値の体系から外れることにより、それはもっとも根源的な批判の、原風景となりうるのだ。

ところで原風景の喪失は、ゼロ年代詩人の数ある宿痾の一つである。風景になりえない、抒情に達しえない言葉の連続。断片をいくらあつめても、「原風景」が立ち上がってくることは決してない。

ほら羽虫の複眼は二人の姿を網膜の硬い床の上に置いて
もうすぐ凍えて命を終う
この情景を「二」と名づけよう
言葉が続くなら「一に集まっていく炎」と

「ゼリー詰めのオリーブでもある二」と、そして
「その「二」が体の中で「二」になり、「たくさん」に溶けていく物語」と、名づけよう
その気配があなたの居室の白いレースのカーテンを揺らし
「緑の手の樹木」はあなたの脳髄をその真上から握りつぶしている
ゆるして、止まらない一日の光です
消える白光の上に書く言葉の物語が、「ゆるしてください」と
いっています

（「星の家から」）

「二」は捏造される。「二」は卑小化され、「たくさん」は喜劇になる。原風景を喪失した中尾は、原風景を創出することもできない。〈始原〉を、根源的一者を求めて彷徨することもない。断片と、断片の織りなす「言葉の物語」のなかで自慰するだけだ。しかも中尾は、時折「物語」から顔をちらつかせる。彼が見たいものは「現実」である。だがそのまなざしは卑屈なため、結像される「現実」もまた卑屈なものにならざるをえない。

それからわたしの部屋を少し傾いだ六畳間に移して彼の若い蜂起のゆくえのにおいが
あった

屋根裏部屋の山間部めいた密約の下、すこしお金を送ってほしいと電話をかけている
これから書き留めていく本しか読んでないことにするよ
そういって人は忘れる書物の中に身を置く

（「革命飛行船」）

「忘れる書物の中」に隠れていればいいものを、七〇年代詩の偽りの革命性に憧れたのか、「蜂起」などと言い出す。もちろん中尾の「屋根裏部屋」は密室でなく、現実の秩序に向かってだらしなく開かれている。「密約」もまた、既知のものを未知のように装う手管でしかない。この方法がより端的にあらわれた、彼の発言を引こう。

たとえば、これはぼくの勝手な思い込みなんですけど、一人称による抒情の一つの完成形が、「できることなら私は星々を併合しようものを」という十九世紀後半の実業家の言葉だという予感を、この詩集（『御世の戦示の木の下で』）は否定しない。

（シンポジウム「「戦示」を生きるということ」）

ゼロ年代詩人は未知の追及をやめ、無知への居直りを始めた。歴史上の人物や事件さえ、彼らにとっては自己神秘化の道具なのだ。「十九世紀後半の実業家」という言い方は、中尾の詩的本質から帰結したものである。ちなみにこの幼稚な発言は、安川奈緒に補足を受けている。

セシル・ローズって「かなうものなら私は星々を併合しようものを」と書いた帝国主義者ということでいいですか。

この三文芝居が、「命の光に燃え、霊感の息吹きに誘われて至高の空に羽搏く」（ツァラ「ギヨーム・アポリネールの死」宮原庸太郎訳）べき「詩人」によってなされたことを、忘れてはならない。

4　猿真似の詩学

先に私たちは、「破壊的」表現としてのゼロ年代詩を考察した。本稿では、破壊という過程をとおさずに書かれた作品を取り上げたが、そこに主体は見出せたろうか。そうではなかった。彼らの詩は、ところどころ気のきいた表現があるが、行と行に架橋がない。すなわち断片を統御する自我が、その浄らかさが欠けているのだ。

彼らの詩的精神は、一九七〇年代詩の影響と（三七、五三～五七頁参照）、アニメ、マンガ、流行歌の模倣によって成り立っている。それらを総合する主体が欠落しているため、彼らの詩はついに、風俗の記録以上のものになりえない。

しかもみずからが風俗の、〈現在〉のさなかにいるのではない。ただ「空」の上で享受するだけだ。やがて彼が着地する場所は、この現実ではない。「神話的な空間」でもない。そこは記憶も歴史もない、空白地帯である。彼らは自己を、言葉を、〈世界〉から切り離したのだ。そのくせ〈世界〉の楽天的側面は享受しようとは、笑わせるではないか。〈世界〉との回路を切断された言葉は、共喰いを開始する。言葉は言葉を模倣し、その言葉をつぎの言葉が模倣し、またそれは模倣され……そしていつしか、言葉は意志と目的を完全に喪失する。

「空を見て、
あれは
透明飛行船?
革命飛行船?
それとも
ヴォルティモア行き空中船?」
ぜんぶ詩だろ
そう書いてあった

（「二度は燃えないゴミの詩」）

「透明飛行船」とは、「BUMP OF CHICKEN」というバンドの曲名である。言葉に痕跡を留めているものが、流行歌なのか中尾太一なのかすら、判別できなくなる。伝言ゲームのように言葉は屈折し、原型は忘れ去られる。「ぜんぶ詩だ」という言明は、この詩を救済するかのように思える。だがそうはならない。この言葉は、白鳥の主体性の稀薄さをあらわしているにすぎない。彼が詩の在り処を考えたことは一度もない。目の前の一切が詩だと思うのは、「そう書いてあった」からだ。すなわちそれは、誰かから手渡された思想なのだ。その意味についても、白鳥が考えたことは一度もない。

するとと白鳥は、何によって詩人であるのか？ 何のために詩を書くのか、その精神の運動を支えているものは何か？ 非主体的な崇拝である。

〈全身〉（という語を僕は中尾から教わった）、その等身大を遵守すること。それら誓約によって血霧に霞む物語は混迷を混沌に堕落させることなく、世界に対してまったく酷な連鎖であり続ける。（「「星の家から」小論」）

ほとんど狂人の戯言であるが、言いたいことは伝わってくる。中尾を神格化することに酔っているのはわかる。影響を受けた詩人を褒めそやすことで、みずからの欠落を贖いたいという想いは見える。

中尾の詩的意味はさっぱりわからないが、とりあえず絶讃しておかねばならない。白鳥はついに、「まったく、心を動かされない道理がない」（同）と言明する。その「道理」が示されることはない。〈外部〉との交通を絶たれた言葉は、かくも形骸化するのだ。

またしても、頽落し分裂病化した「詩」の残骸を見てきた。だが私たちが進めてきた考察が、無意味であるとは思わない。考察対象の価値が、考察そのものの価値を決定するのではないからだ。それは、くだらない人間が小説の主人公だからといって、その小説までくだらないことにならないのとおなじだ。

むしろゼロ年代詩人の精神的内実が空虚であるほど、そこには時代の種子がつぎからつぎへと流れ込み、〈現在〉の特質がわかりやすく見渡せるようになっているはずだ。

ここにあったのは、また異なる形姿をした「無」であった。思想も主体も抒情も失った「詩人」は、表層と戯れつづけるしかなかった。その営為に終止符を打つどころか、疑問符を打つことさえ彼らにはできないであろう。だから私たちがやってやろうではないか。君たちはかつて無であったし、いまもなお無であるということを、私たちが告げるのだ。歴史の審判という奴を、少しは信じてみようではないか。

〈始まりと終わり〉の終わり　蜂飼耳論

蜂飼耳は、ゼロ年代詩人ではもっとも著名な一人であろう。小説家、エッセイスト、絵本作家としても活躍する彼女の詩は、他のゼロ年代詩と違い、独自の世界観と清涼感が横溢している。

> 日常のことばの向こうに見える、はじめての表現や、ただ一度きりのことば。詩のことばには、生きている、というこの瞬間を驚きで満たす力があります。そこには心をいきいきと踊らせる力があるのです。
>
> （「『春と修羅』のこと」）

じつに民主的な爽やかさではないか。私たちはこの詩人にもスキゾフレニアを、抒情の断片化を、詩の終わりを見出すだろうか？　確かに見出すのである。だがその在り方は、外山功雄とも白鳥央堂とも異なっている。
彼女の詩は、外山・岸田・小笠原のように「言語の分裂」という道を辿らなかった。中尾・白鳥のように「世界の分裂」という道も選ばなかった。それでは何が分裂しているのか？　歴史が——時間が、だ。

夏草の暴力に囲まれたその廃屋を　見つけた時
だれもすんでいない、だから　踏み込むのを
ためらうが　入口の引き戸は握り拳ほど開いているよ
わたしたちは負けてしまう　ほこりぎしぎし
はげおちた　つちかべ　いうまでもなく　ゆきのくものす

（「いまにもうるおっていく陣地」）

この時間の流れは、映像的というより、連続写真的である。中尾太一や白鳥央堂の詩が、無関係な写真の羅列だとすれば、蜂飼の詩は、写真がストーリーを構成するよう並べられている印象を受ける。時間は断続的に流れる。止まり、逆行することもある。

そんなふうに書いている場合ではないと散文の姉に　たしなめられる
それでも　石のあいだに名を探り　取り出したノートに書きつけるとき

急ぐことはできないな　答えを　急ぐことはできない　なぜかというと
道すがらの屈伸　首の左右　拾ったり　じっと聴くこと　そんなところに
だいじな　取り替えのきかない毛のようなものが生えて　いるからです
（「古い肉」）

彼女の基本的な詩法を、私たちは覚えておこう。すなわち風景の時間性と、その混濁である。「風景の時間性」は、やがて「文字の歴史性」へ転位する。その転位の失敗こそが、蜂飼の詩的本質である。

先を急ぐまい。田中和生は、蜂飼が「修辞的な現在」の「先にあるもの」へ向かっているとし、その指向性がよくあらわれているという二つの詩を引用している。

いっさいのほとりを埋めていく　精密に
うずめてゆく
（「三輪山」）

蜘蛛のかたちを解いて　ほどいて
黒く奥まる道となり
くろぐろ奥まる細道となり
（「両目をあやす黒と白」）

田中は言う。

これらの言い直しでは「埋め」という表記が「うずめ」となり、「解いて」「黒」が「ほどいて」「くろ」となっていることに示されているように、文字より音、あるいは意味より音声にその表現が向かっている。

（「ガラス窓を割って蜘蛛の巣を見つける——蜂飼耳の語法について」）

作品に頻出する、文語的な言葉遣いや日本の古典文学を踏まえた表現は単なる言葉遊びや時代錯誤のものではなく、その起源に向かう言葉の通過点にある語法なのだと見なすことができる。もちろんそれは「修辞的な現在」において、言葉の起源という本来言語では記述不可能なものを現出するためには、その間に使われてきたあらゆる言葉が動員される必要があるからである。

（同）

文字言語を音声言語へ「ほどいて」ゆくことは、すなわち言葉の歴史を遡ることであり、それが「修辞的な現在」を超出する契機となっている、とする。田中はさらにつづけて、

蜂飼耳の詩は、その途方もない欲望によって戦後と戦前の断絶を破壊し、近代と前近代の区切りを無効化し、「人間」と「もの」の境界を曖昧にし、言語と言語以前の亀裂を飛び越えようとしている。

とまで述べる。しかし言葉の歴史を、文字そのもの、音そのものから紐解こうとする試みは、すでに数多くなされている。そのもっとも優れた作品として、吉本隆明『記号の森の伝説歌』を挙げることができよう。

読者は森にあつまって
車輪で圧しつぶされた文字の
残骸を悼んでいる　ちらばった
扁を指して嘆くのなら　文字の
起源について泣くべきだ

「妹」　その「声符は未《び》」
まだ愛恋を販らなかったのに
「姿」　その「声符は次《し》」
「それは『立ちしなふ』形であろう」
「立ち歎く女の姿は　美しいものであった」

ひと画ひと画が

イメージの鳥になって
月の輪に影をついばんでいる　やがて
うなだれた塑像みたいに
こわれたキイ・ワードを
組み立てはじめる

菅谷規矩雄はこう書いている。

『記号の森の伝説歌』は、とくに後半にいたって、文字（漢字）そのものを作品の、したがって詩の、主題とする、という特異な、しかし必然の性格をあきらかにする。そこに、修辞的な現在、にたいする、作者じしんの、とびこえかたがしめされる。

（「『記号の森……』の吉本隆明」）

言葉の起源にまで遡行して、詩意識の根拠を探ろうとする吉本と比べ、蜂飼の試みはいかにも思いつきめいた、つまらないものだ。こんなものが「文学における希望を意味する」（田中和生）わけがない。

私たちは、できる限り奥深くまで考察を進めてゆくだろう。田中が引用しなかった、詩の前後を示そう。

そしていきなり　蜘蛛のかたちを解いて　ほどいて
黒く奥まる道となり
くろぐろ奥まる細道となり
辿ってもどこが　はじまりなのか（さっぱり）

「さっぱり」というのは、さっぱりわからないということだろうが、さっぱりしたの意と取れなくもない。どちらにしても、蜂飼の詩は「はじまり」に至っていないのだ。言葉の起源と終焉に、蜂飼の興味はない。彼女は〈始まり〉と〈終わり〉を相対化する。その作業そのものに、言葉の活路を見出しているかのように。

ゼロ年代詩は歴史から、神話から疎外された言葉である。そこには出処不明の虚無しかない。「無」の根源には病があるだろう。

蜂飼は周到に病性を避けつつ、言葉に根拠をあたえようとする。


ここまで書いたら突然、わかった。探していたのはほかでもない、距離のことだったのだ。蜘蛛から変わったその道の距離ではない。どこから言葉を汲みあげ、どこまで、とどけるか。測ることのできる瞬間は、限られている。けれども、それは確実にある。あらゆる動きを決めるのは瞬間だった。置き換えの利かない瞬間が枝葉多い分

かれ道、深くそだてて。逃がしたり、追放したりするのだろう。（同）

問題になるのは〈始まり〉と〈終わり〉ではない。そのあいだの「距離」なのだ。「測ることのできる」距離こそが、蜂飼の言葉の源泉である。彼女の詩には、理由（始原）も目的（未来）もない。そのあいだにある――両極はないのに、中間だけがあるのだ！――「距離」、あるいは「瞬間」しかない。人間の根拠は奪われ、歴史の意義は失われる。そこには、ただ呆然と佇む影と、影の織りなす時間があるだけだ。

私たちは、六〇年代詩人に「戦後詩の体験の終結」を見た吉本の卓見を思い出すべきだろう（五〇～五一頁参照）。蜂飼においては、「詩の体験」そのものが終結してしまっている。自分の立ち位置で測る「距離」から、言葉が生れる。歴史を好きに切り取っていいのだ。そこで言葉は「近づいたり離れたりを繰り返」（同）していればいいのだ。

外山・岸田・小笠原の詩に「主体の終わり」を見たように、蜂飼の詩に「歴史の終わり」を見出してもいいだろう。そのいずれも、「詩の終わり」に深く繋がっている。なぜなら自己も歴史もない人間は、ただの断片だからである。断片の世界認識は断片的だ。断片の言葉はさらに細かい断片だ。

ゼロ年代詩に私たちが卑小性を感じるのは、ただ作者が卑小だからではない。私たちは断片を享受させられるのだ。世界はそこで卑小化され、言葉は卑小性の鏡と化す。私たちは詩によって卑小化される。詩によって非人間化されるのだ。

だが、そもそも詩とは何であったろうか？　本題からずれるようだが、このことを考察しておくのは有意味と思う。

詩――それは「人間本能と環境との矛盾を一挙に止揚した、目に見えぬ、未分化で、日常意識下の集団的・原始的世界」（西郷信綱「詩の発生」）を経験させるものではなかったか。もちろん詩は、回帰のみを志向するのではない。ただ言葉が「原始」に向かってゆくとき――詩的陶酔が私たちを襲うとき――文明以前における人間の、もっとも本源的なかたちを私たちは「視」る。

詩によって私たちは〈始原〉に到達し、そこから未来を幻視する。ところで文明の発達にしたがって、この機能は損なわれてゆく。人間の分化と圧殺が度を越え、単調な抒情では〈始原〉はおろか、集団の同調さえ獲得できなくなる。そこで詩人は、批評精神を導入した。自己疎外の現実を繰り込むことで、詩は人間性の崩壊に抗う力を得る。その代わり表現は複雑さを増すだろう。なぜなら社会の構造が、また社会に分断された人間の構造が複雑だからである。

ときに表現は、ほとんど理解不能な難解さに達する。すると、ある謬見がはびこる。こうした詩は大衆からの遊離であり、知的遊戯にすぎないというのだ。もちろんそうでなく、現実に密着しているからこそ、仮構の領域が複雑になってゆくのだ。

現代詩と「詩」を分かつ、第一の根拠はここにある。原始的共同性を失った言葉が、疎外の様態を見つめたとき――抒情的叫喚によって〈始原〉を回復する前に、頽廃した自己と向きあう必要を感じたとき──「詩」は「現代詩」に転形したのである。「詩」が根源的一者への溶解を歌うものとすれば、現代詩は確かに「詩」でないかもしれない。だが私たちの現代詩は、根源的一者との遊離を直視した。その距離（！）を見極めるために、批評を導入した。そして象徴主義が生れ、シュールレアリズムが生れ、我が国においては荒地派が輝かしき殉教の詩学を打ち立て……

いったい何処で切断が起こったのか？　これは詩史の解明だけで済む問題ではないのかもしれない。かつて現代詩人は「遊離」の意味を言葉で考察した。いまや「遊離」そのものが主題となり、粘土のようにこねあわされ、「詩」となる。詩史そのものが玩具になったのだ。

歴史が玩具になることは、そのなかの人間も玩具になることを意味する。

デモ

混ざり合いたくない黒の石と白の石
四角い庭先で　まぜられて
そのうえに蟻の通過が見える
拡声器から生まれる声が
漂ってくる　皺くちゃに丸まりながら

なにかの移転に反対するなら
足元も　あえなく　ぬかるむのか
油照りに蔓植物　繁茂
多くは　口という口をつぐんで
素通りの窓をぬぐって

不要だが必要だ
終わったのに始まっている
赤い花に火がついて
町の名は沈んだ

足音はとうとう立ち止まる
ノートを閉じる音に耳は探られ
いっそう翳って結露の扉
線を引くための動き
決めるために重ねる動き
大勢のためだが一人のためにはならない動き

主の崩れた巣の前に
ちぎれた羽根が落ちている

移動
その意味を履きちがえる
裏側で鳴るときには
手を拭きながら
確かめに行く

蜂飼は詩のなかで、デモの参加者を「蟻」や石ころのように見ている。自分と家族の生活をかけて闘争に参加する人々と、ノートを閉じる行為が、等価の表象としてあらわれる。だからけしからん、などと言いたいのではない。立ち入った解析をすれば、もっと複雑な事情を見出すこともできるだろう。だが、じつはそれは問題にならない。蜂飼が「デモ」を容易に心象風景に導き入れ、つまらない詩行に繰り込み、無化していることが問題なのだ。

ひたひたと頬を叩かれておれは麻酔から醒めた
窓のしたを過ぎたデモより

点滴静注のしずくにリズムをきいた
殺された少女の屍体は遠く小さくなり
怒りはたえだえによみがえるが
おれは怒りを拒否した　拒否したのだ日常の生を
おれに残されたのは死を記録すること
（略）
同志は倒れぬとうたって慰めるな
おれはきみたちから孤独になるが
階級の底はふかく死者の民衆は数えきれない
一歩ふみこんで偽の連帯を断ちきれば
はじめておれの目に死と革命の映像が襲いかかってくる

（黒田喜夫「除名」）

前半だけでもよかったのだが、ゼロ年代のくだらない詩ばかりでは本書が穢れてしまうため、優れた作品を長めに記したかった。

権力に圧殺された少女を一つの遠景として、「怒り」という感情を拒否する詩人の孤絶が浮かび上がってくる。

怒りの拒否は、異数の世界へ主体を導く試みに他ならない。怒る者はすなわち生きる者だ。怒りは行動に繋がるが、それゆえ「日常の生」のなかで消化されてしまう。黒田は

「死を記録すること」によって、生への根源的な「否」を発する。そこに真の連帯、真の革命の可能性がある。

それに引き替え、歴史を意識することもできず、したがって歴史的倫理をもとうともせず、

不要だが必要だ
終わったのに始まっている

などと頓馬なことを書き連ねる蜂飼の詩が、「置き換え」のきくものであることは確実に言える。

さて、ここで批判を終えてはなるまい。言葉から歴史性が奪われる現象は、ゼロ年代詩に普遍的に見られるものだ。だが蜂飼において、事情はより複雑である。というのは、置き換えがきくということ——この致命的な一点こそが、彼女の言葉を「詩」たらしめる原点なのだ。

「移動」の意味を「履きちがえる」こと。言葉と言葉の距離を、広げたり縮めたりすること。始まりも終わりもなく、「瞬間」を組み立てて遊ぶこと。すなわち一つの連続写真を作ること。それが彼女の「詩」である。

〈歴史〉は問題にならない。さらに恐ろしいことに、〈持続〉さえ問題にならない。

思い切り遡っているのだった
源を求める
そこから滴り落ちるのは
かじりついた桃の甘さ
一途だが　不確かな
川底の丸石　拾いたくても拾えず
見定めたそばから　過ぎていく
髪も爪も　その束の間にも　伸びてゆく

（「源」）

根源的一者でなく、「桃の甘さ」という個人的記憶が滴り落ちてくる。* 「川」の流れは時間の寓意であり、「丸石」は精神の原像のごときものであろう。それを拾うことができない。「源」の光景は、「見定めたそばから」過ぎ去ってしまう。風景を定着することができない。時間を見定めることができず、自我は歴史の流れから疎外される。「髪も爪も」伸びてゆくという、身体的現実感だけが詩人に残される。

瞬間を持続させることさえできない。蜂飼の詩は連続写真のような構成をもっているが、その背後にはこのような虚無が横たわっているのだ。

「言葉の近親相姦」では、言語崩壊に見舞われた詩人を取り上げた。「煉獄とドラえもん」

では、断片化した〈世界〉をそのまま言語化した詩人を見てきた。蜂飼耳においては、私たちを支えている〈歴史〉が、その〈時間〉の流れが破壊されている。

蜂飼はある意味で、前二者よりも無惨な言葉の病態を示している。〈言葉〉を失っても〈世界〉は残る。〈世界〉を失っても〈言葉〉が残るだろう。ゼロ年代詩人は「言葉のない世界」を叙述し、「世界のない言葉」を羅列しつづけた。そのどちらにも（偽りの）救いはあったのだ。

だが〈時間〉を失った蜂飼には、何も残されはしないだろう。「髪」「爪」――つまり身体しかないだろう。しかもその悲惨に彼女が気づくことは、金輪際ないだろう。

私たちは「三種の詩器」（吉本隆明）ならぬ、三種の詩的頽廃を見てきた。そこには現代の精神を規定する、根本的な誤謬があった。すなわち〈始原〉の喪失と、喪失体験からの逃避である。

卑小化した言葉は「距離」の何処かに、「瞬間」のどれかに遊泳している。だがいまや蜂飼の詩に、神話性も現実性も見出してはなるまい。そこに歴史はなかった、したがって〈現在〉もなかった。私たちが詩と呼ぶべきものは、何処にもなかったのだ。

＊ その記憶も、偽りのものかもしれない。「電話から漏れてきた知らない男の抑揚のない声は、逢ったこともない母の危篤を告げた、聴かされたのは、母が「死ぬ前に桃を食べたいといっている」という希望だった、「わたしに逢いたいといっている」わけ

ではなかったのだ」(「桃」)

無の饗宴　和合亮一論

東日本大震災後の言語情況について、辺見庸はこう言っている。

表現容量が縮小してゆき、わざとらしいもの言い、そらぞらしい文言が横行しだします。（略）空気圧が変化し、感覚が目づまりしたかのような息苦しさが社会を掩い、抑うつ気分が蔓延しました。

（『瓦礫の中から言葉を　わたしの〈死者〉へ』）

表現の世界で何が起こったのか？　倫理的頽廃の諸相としての言葉が、ひたむきな詩語に取って代わったのだ。「震災詩」ブームが事態を鋭く象徴している。

ゼロ年代詩は言葉（「言葉の近親相姦」）を、世界（「煉獄とドラえもん」）を、歴史（「〈始まりと終わり〉の終わり」）を失った。彼らはこれ以上何を失うというのか？　人間を失うのだ。人間の人間性は剥落し、「人間とは別のものを産出する」（ドゥルーズ『ニーチェと哲学』江川隆男訳）可能性も閉ざされ、ゼロ年代詩人はただ家畜として慰めあうだけだ。そして私たちも家畜にされる。倫理は殺され、表現は畸形化し、言葉は言葉であることを耐えられなくなる。詩はもはや詩の疎外物でしかなくなるのだ。現実を反映することも、幻想を産出することもできない石胎女になる。孤独も悲壮も感じない、精薄の石胎女に……

ここから先は、いままで以上に忌まわしい領域となるだろう。震災詩で一躍脚光を浴びた、和合亮一の「詩」を引用する。エチケット袋を用意しておくがいい。

誰もいない福島　静かな雨の夜
静かな涙は誰が流しているの
この世を去ったその人を想いながら
想うしかない　まぶたの中で目覚めるのは海
（略）
我が子を抱きとった　たったいま

目をあけた　子どもよ
雨の夜を歩き通した
福島の子よ

一番最初の

きみの
夜明けだ
生まれてきてくれて
ありがとう

今日は僕の誕生日
地球の誕生日
いとこの誕生日
凪の誕生日

嬉しい誕生日
さみしい誕生日
希望の誕生日
祖父の誕生日
あなたの誕生日
青い空の誕生日

（「誰もいない福島」）

今日もまた
ありふれた一日が
嬉しい

今日は誰かの
誕生日
誰の
誕生日

（『私とあなたここに生まれて』）

海とさざ波
風と落ち葉
街と時
月と雲
真冬と銀河
僕と愛
　僕の愛

（同）

私たちは何処に立っているのか？　日本そのものへの認識さえ変更しなければならないほどの思想の断崖に、だ。そして何を見ているのか？　世界の無惨さを――和合のような「詩人」を生み出したこの国のおぞましさを、だ。

　そして何処へ向かうというのか？　何処にも行けはしないだろう、この汚物を破砕しないうちは。

　これがどうして詩と見なされるか？　最後の作に至っては「抒情的」らしい語をただ羅列しただけだ。それでも和合亮一は「ゼロ年代の詩人たちを牽引したような存在」である。「ここ二十年の象徴的な存在」である。これらの詩が書かれたのは「必然」だった。そこには「ドキュメントとしての揺るぎない価値」さえあるのだった。詩人たちはそれに「もらい泣き[*1]」しているのだった。

　私たちも一緒に泣くだろうか？　そうすればこの喜劇は完成されるだろう。私たちはそれを望まないので、舞台に乱入し、破壊して回るだけである。

　これらの詩の原点は、疑いようもなく震災にはない。「風と落ち葉」「僕の愛」は、三・一一と無縁な言葉だ。

『私とあなたここに生まれて』は和合と、佐藤秀昭という宮城県出身の写真家の共著である。二つの引例は、在りし日の東北の写真と一緒に掲載されているのだ。「誕生日」の作は子供たちの笑顔の写真とともに。「海とさざ波」の作は晩翠通りのスナップとともに。「震災のことを歌っている」という倫理的脅迫が、空っぽの言葉にいろどりを添える。写真に残る子供たちと風景は、「感動せよ」「共感せよ」という命令の記号として働く。「詩」そのものに何の意味もない。写真そのものに何の意味もない。けれど二つがあわさって画面を飾るとき、独特の意味が生れる。「これは感動的な詩である」「これは感動的な写真である」「したがって感動せねばならない」と。

「(失われた)東北の風景」と和合の「詩」に、何の関係があるというのか。だがプロパガンダ広告のように、言葉と写真の組みあわせは特異な領域を創出する。そこに足を踏み入れると、和合や佐藤は「良心的」な「詩人たち」に見えてしまう。この不可思議な場所では、ひたむきなものがすべて破壊されるのだ。

「今日はあなたの誕生日」「生まれてきてくれてありがとう」という拙劣な「抒情」と、震災の惨禍とは何の関係もない。けれどそれがセットにされる。セットにされて売り出される。

何かが間違っている。倫理が低劣なのか。方法が稚拙なのか。そうではない。問いたいのは、そんなことではない。

私は問おう。これが人間か、と。確かにそう宣伝されているのである。では、これを人間と思えない私たちは何者なのか。知りたいのはそのことだけだ。「ありふれた一日」を嬉しく過ごす和合と、惨禍のように降り注ぐくだらない言葉に、耐えるだけで精一杯な私たち。いったいどちらが人間なのか。私は答えを確信している。

一つ告げておこう。私は震災詩ブームを断じて許さない。岩手県出身だからではない。

詩を愛しているからでもない。自分を人間と信じているからである。

この事実を証するためにも、冷静さを取り戻さねばなるまい。和合の処女詩集『AFTER』を見てみよう。

丸が進むので○水のない川に押し潰されそうだ
花の裏の事故として○遠くの川で○赤い粘土は広がるのだ
俺は○遠くの赤いレンガに○叩きつけられた○立て看板の破片のうえ
遠くへと○おまえを渡り○広がるおまえの髪は赤く
遠くの家の間取りを○皮膚のように纏えよ○おまえよ○床は様々に
よく冷えている○おまえの乳首の先○骨のない花が落ちる

（「丸、水のない川に押し潰されそうだ」）

震災詩との落差に、驚く必要はない。ゼロ年代詩人は、あらゆる意味において主体を喪失したのだ。難解な詩を書こうが、震災詩を書こうが、そこに主体は一切かけられていない。ようするにどんな詩でも書けるのである。CMに使われる詩でも、お望みなら戦争詩でも。

一見すると、和合は分裂病的言語の系を予告しているようである。だが、微妙な差異を見逃してはなるまい。和合の言葉はうねっている。断片は幽かな力で接着され、全体が一つの「波」を形成しているのだ。
岸田将幸や小笠原鳥類が何処にも行けない詩人であるとすれば、和合は何処かへ向かっているかのようである。波はすでに起こったのだ。さて問題は、その波が行きつ戻りつするばかりだということである。

いまに溶け落ちた若い父と母のあたまは擦りガラスでいっぱい　……　一分
が終わる　一分が始まる　また終わろうとし　……
（「空襲」）

錆びた満月が弾丸で足踏みしているんだ？
錆びた満月が弾丸で足踏みしているんだ？
（略）
波打ち際で波を受けたり受けなかったりしながら？
波打ち際で波を受けたり受けなかったりしながら？
（「ショットガンママ」）

頭の中を茫々にして　洗顔し
僕は　僕を繰り返してゆく不安な朝焼けに
感謝
（「バカチョンカメラ」）

ちちちちちちちちちちちちちちちちちちちちちちちちちちちちちちちちちちちちちちち
、、、、中尉、また滅亡しちヤいました　ゲームオーバー／リセット／
、、、褒めて下さい、大脳辺縁で、時間の捕虜になり、密告してきまシた
、、いかにこの戦場が泥沼であるカということ　ゲ／ームオーバーリセット／
（「GO NO GO」）

往復運動をしながら、波は肥大化する。行く先もなくただ大きくなってゆく波。いつしか私たちは気づく。ここから何かが始まることは、金輪際ないと。波の名でこれを呼ぶのはふさわしくないと。私たちは和合亮一の方法を、幼虫の詩学と名づける。その意味は、やがて知られることになるだろう。

震災詩をめぐる情況を見るとき、一番奇怪なのは、和合がまるで「単独者」気取りなことだ。「俗情との結託」（大西巨人）以外何もない詩人が、どうして孤立することがあるだろうか？　彼は孤立すらできないはずではないか。

行き着くところは涙しかありません。私は作品を修羅のように書きたいと思います。
（『詩の礫』[*2] 2011年3月16日 4:30）

だいぶ、長い横揺れだ。賭けるか、あんたが勝つか、俺が勝つか。けっ、今回はそろそろ駄目だが、次回はてめえをめちゃくちゃにしてやっぞ。（同、2011年3月16日 23:54）

吐き気に耐えてほしい。つづいて『詩の礫　起承転転』から、和合の人間的本質が端的にあらわれた箇所を引こう。数少ない批判への反批判だが、その仕方は異常に幼稚で、卑劣である。

「おそらく言葉は無力ではない。詩人が無力なのである。」と書く批評家の無力さよ。俺は悲しい。決めつけたまま、自己満足して、遠のいていくだけの、あんたらのやり口が。まあ、良い。

（2012年5月28日 23:22:42）

みんな嘘っぱちだ。本当のことなんて一つもありゃしねえ。詩を駄目にしたのは一体、誰だ。詩人と詩の批評家が、みんな駄目にしちまってんじゃあねえのかよ。

（2012年5月28日 23:33:16）

また別の批評家のヤツ「和合亮一の書いている詩というのは適当な叫びであり、適当なつぶやきであり、適当な悲しみであり、国民感情におもねることでたくさんの方の反響を得た」適当ってなんだ、おもねるってなんだ、ふざけんじゃねえってんだ。

あんたらは橋の上で、溺れているおれらを傍観してる。
（2012年5月28日23:38:05）

悔しい悔しい悔しい。これが批評の現実であり、現在である。おやすみなさい。
（2012年5月28日23:38:55）

ぶっ壊れろ。
（2012年5月28日23:43:57）

幼虫のようにのた打ち回る「詩人」。ここに論理はない。感情を逆撫でる表現を多用し、批判者への憎悪をかき立てているだけだ。和合はTwitterで「たくさんのメッセージ」をもらうと、「しだいに平静を取り戻」（「「米美術館、福島だけ貸し出し拒否　ベン・シャーン巡回展」に寄せて」）すそうだ。このときもそうだったのだろう、翌日はつぎのように書いている。

昨日から、あたたかい言葉をありがとうございました。みなさんに大切なことを教えていただきました。私の詩を大切に読んで下さっているみなさんに、深く感謝を捧げます。あらためて、出会いと言葉を大切にしていきたいと思います。
（2012年5月29日22:51:01）

だが幼虫の闘いは終わらない。わずか五分後に怒りは再燃する。

俺は比喩を扱えないだと　ど素人め　俺は　この世界の比喩を　20年もの間　ずっと追いかけてきた　そして　俺は俺の比喩であり　おまえはおまえの擬人であり　世界は世界の暗喩であることを　知っただけだ　俺の震災前の　6冊の詩集を読むがいい　だらけた評論家どもめ

（2012年5月29日22:56:34）

ここから論法は陰湿化してゆく。和合は謎の人物との対話を始める。

尻軽の批評家どもの　言う通リダロ　おまえの詩なンぞ　よわっちい　泣キ言の集まりさ　だから　言ったよな　詩ナンゾ　ヤメチメエトナ

（2012年5月29日23:35:58）

？

（2012年5月29日23:37:03）

カタカナ交じりで話すこの人物を、和合は「悪魔」と呼ぶ。それが「尻軽の批評家」の象徴なのか、追随者なのか、和合自身の内的葛藤なのかは知らない。いずれにしても「悪魔」は、「愛しい、か弱い、私（和合）たち」（『詩の礫』2011年3月20日23:55）を苛む存在として表現されている。

詩で 腹いっぱいになるんかい 詩で 世界は回るんかい 詩で 放射能は消えるんかい 詩で 幸福は見つかるんかい 詩で 涙はとまるンかい 詩で 町は帰ってくるのかヨ 詩で 何かが変わるんかい 変えてみろ けけけ 詩で 詩で 詩で けけけけけけけけけけけけけけけけ 笑止

（2012年5月29日23:39:02）

悪魔が来た

（2012年5月29日23:40:32）

敵対者を、奇怪な笑い声の「悪魔」に見立てる。彼に虐められてみせることで、「愛しい」「か弱い」存在だと自己アピールする。

理性的な反論は何一つなされていない。だが和合に同情的な人は、か弱い詩人を責め立てる「詩人と詩の批評家」を、悪の権化のように思ったことだろう。幼虫は、求愛の所作だけは上手なのだ。

この幼虫は、飼い主に泣言さえ言ってみせる。

> ある詩人に和合は単に原発というものにあまりにも無知だったというだけに過ぎなかったのではないか、ハレーションを起こしているに過ぎないのではないかとバッサリと断じられていました。まとめとして彼に「福島県民は福島に残らず避難したほうがいい」などと平然とその座で言い放たれてしまいました。

差別。（略）藤井さんのお言葉をお借りするならば、このような「いじめ」に屈しないための胆力を早急に養わなくてはならない。（藤井貞和との筆談[*3]「眼で聴く、耳で視る」）

和合はここでも、薄汚い手口を用いている。「ある詩人」とは岸田将幸のことである。実際の「その座」の模様を見てみよう。

ぼくは和合さんがツイッターで発信した詩とされるものに対して、否定的に見ています。和合さんが本誌（『現代詩手帖』）十一月号で「絶対に福島は地震が起きない、最高の技術をもっているから、絶対に原子力発電所は大丈夫だ、と言われ続けてきたんですよ。震災以降、その「絶対」と自分の現代詩における「絶対」が両方瓦礫のなかに崩れてしまった」と書かれていますけれど、それは自分の無知においてハレーションを起こしてしまったというのが実情である気がします。

（岸田将幸・井坂洋子・城戸朱理の鼎談「詩が引き受けるべき未来　二〇一一年展望」）

この発言に、城戸朱理は（和合に同情的でありつつ）つぎのように答える。

問題になってくるのが、やはりハレーションなんです。ある部分だけを取り出すと戦争協力詩のように見えかねない。（略）ほんとうのところ、福島に留まるのではなく、避難するのが一番いいわけです。

岸田は同調し、こう述べる。

自分がほんとうにいいことだと思ってやっていても、それが最悪の結果をもたらすというのはよくあることです。「福島で生きる。福島を生きる」と言ったときに、それが残酷な結果をもたらすというところの意味は、城戸さんのおっしゃられた、ほんとうは避難したほうがいいという事実です。

「福島県民は福島に残らず避難したほうがいい」という発言は何処にもない。それに岸田は、城戸の言葉をただ繰り返したにすぎない。「まとめとして」言った、という事実もない。「避難したほうがいい」かどうかという論議に、井坂洋子は参加していないからだ。和合が激怒すべき本来の相手は、城戸である。だがそうならない。城戸が同情的だからなのか、先輩だからなのかは知らない。疑問を置き去りにしたまま、幼虫は暴れる。

福島の人間を馬鹿にするんじゃない。どうしてここまで、いわれのない差別を受けなくてはいけないのか。頭を掻き毟りました。部屋中をどすどすと歩きました。目をぎろぎろとしました。眠れませんでした。何をすればいいのか。結局、壁に「現代詩手帖」を投げつけるしかなかった。何度も投げつけて、その後にびりびりと分厚い本を破って[*4]（編集部のみなさん、すみません）、ゴミ箱に放り込みました。
（「眼で聴く、耳で視る」）

それにしても、何処をどう読めば「差別」「いじめ」になるのか。そもそもなぜ、和合は岸田の名前を出さないのか。実体性を薄め、「悪魔」のような存在を思い浮かばせるためだろうか。この卑劣な文章への藤井貞和の応答は、和合の意に沿うものだった。

県内外から生まれる、和合さんへの非難めく言葉は、どこか人間の存在にかかわる深い業かもしれない。そんな非難するひとがいること自体、受けいれるべき現実かもしれない。

批判者は、人間以下の何かとされる。批判の権利そのものが剥奪され、言葉は去勢される。藤井の手管はおぞましいものだ。断じて闘わねばならないだろう。だが何を言っても、この軟体動物には効かないだろう。疲労と絶望を感じる。いや、ずっと感じてきた。
それとも、彼らの言うとおりなのか？　震災詩を批判すること自体が非人間の証なのか？　私たちは口をつぐむべきなのか、和合の馬鹿踊りを黙認すべきなのか、さらに進んで、賛美すべきなのか？　死者の声を数えるのをやめ、ゼロ年代詩人の歌に耳を傾けるべきなのか？　そして——死を迎えるべきなのか？

——冗談ではない。非人間は君たちの方だ。なぜ批判してはならないのか？　なぜ意志してはならないのか？　いつから私たちは君たちの「業」になったのだ？　なぜ君たちは私たちから人間という属性を剥奪したのだ？　精神の死刑はいつ宣せられ、執行されたのだ？　執行人はなぜ君たちの言うがままなのだ？

私たちは笑うしかないのかもしれない。そして、この生きるに値しない〈世界〉を耐えねばならないのかもしれない。だが歴史はいつか、私たちの哄笑を聞くだろう。そのとき彼は問うだろう、北川透、谷川俊太郎、藤井貞和、吉増剛造、和合亮一のような汚物を「詩人」と呼ぶのは誰だ？　と。そして告げるだろう、彼らからその花冠を奪い、踏み躙れ！　そして私に真なる抒情を捧げよ！　と。私は実行するだろう……

そのためにも、ゼロ年代詩という虚像を踏み砕かなければならない。偽詩人の仮面を剥がなくてはならない。

現代詩という、この忌まわしい船を降りなくてはいけない。私がこんなことを言うのも、自分でも意外です。しかし腹を決めました。

（「3・11後の世界と現代詩の未来」）

僕もこの2年でいろいろ悩み、孤独を感じてきましたから……。

（「福島　起承転転（下）詩人・和合亮一　新しくて懐かしい詩を」）

私はなんだか、ずっと孤独です。これから先もずっと孤独のままだと思います。
（「眼で聴く、耳で視る」）

なぜ和合が怒っているのだ？　なぜ凌辱者が告訴しているのだ？　こうして怒りは次元を低くされる。犯人と被害者の関係が逆転する。凌辱という事実そのものが凌辱されたのだ。

なぜこんなことが可能なのか？　和合は自分のしたことを忘れてしまったのだろうか？死者を飯の種にしたことを忘却したとでもいうのか？

このことは、和合の幼虫性と密接に関連する。幼虫は外界を知らない。知らないというより、いらない。彼が欲しいのは養分だけだからだ。幼虫は自分が何処にいるか知らない。知る必要がない。安らかな地であれば、何処であろうとかまわないからだ。

福島に泣く
福島が泣く
福島と泣く
福島で泣く

福島は私です
福島は故郷です
福島は人生です
福島はあなたです

（「決意」）

「故郷」は空虚な言葉で飾られるだけで、深い思い入れは感じられない。福島を愛し、嘆き、叫んでいる印象は受けない。ただ駄々をこねている。そしてこねつづけるだけだ。

涙が止まらねえや、畜生。そこで立って待ってろ、涙。ぶん殴ってやる。逃げんじゃねえぞ、決着つけろ。涙。

（『詩の礫』2011年3月19日4:39）

殴るぞ、殴るぞ、殴るぞ、殴るぞ。助けてくれよう、福島があぶないんだよう。うわあああん、うわあああん。……

（同、2011年4月1日23:34）

和合は果たして、震災に衝撃を受けたのだろうか？　衝撃を受けるだけの動機が彼にあったろうか？　幼虫が心配するのは、養分のことだけだ。天気が変わろうが、支配者が交替しようが、知ったことではない。外界が滅んでも、餌さえあればいいのだ。

そろそろ私たちは気づいてもいいだろう。この幼虫は羽化しないということを。意味も目的もなく、ただ肥えてゆく幼虫！　彼は四川大地震を喰らう、東日本大震災を喰らう、原発を喰らう、[*5]「現代詩という、この忌まわしい船」を喰らう。そして残るのは、喰い散らされた言葉の骸と、喜色満面の幼虫だけだ。この幼虫は、幼虫のまま繁殖さえするかもしれない！　災禍が降り注ぐたび、彼らは肥え太る。彼らは私たちの生身を削ぎ落とす。そして喰らう、思想を、抒情を、言葉を、故郷を……

私たちは断じて拒絶する。私たちの生身が幼虫の餌になってしまうことを。ユゴーの美しい詩[*6]のように、言葉に翼をあたえることはできないが、それを望むことはできるはずだ。羽ばたいて去るのではない。翼を夢みつつ、無惨な光景を歩いてゆくのだ。和合亮一のような「詩人」が存在してしまったことの屈辱を噛み締めながら、数多の醜い幼虫を踏み潰しながら……

原発よさらば。
すべての亡くなったものたちに。
すべての生きとし生けるものたちに。
原発よさらば。

風上へ向かって
犬が全速力で駆け抜けるように
原発よさらば。

冷たい雨を振り切り
希望の鳥がはばたいて行くように
原発よさらば。

身を切る風にさらされても
ひとり花が咲くように
原発よさらば。

この国が自分に何をしてくれるかではなく
自分がこの国に何ができるか。

原発よさらば。
私たちのこの国に。
原発よさらば。
踏み出そう。
私たちの未来へ。

（伊武トーマ「原発よさらば」）

怒りを込めて言えば、言葉が無力などと、どの口が言うのか。この口から出る言葉がすべての人工を決定してきたのだ。この手の書いたことがすべての人生を狂わし正してきたのだ。（略）言葉は無力などと言う「作家」は、被災した障害者や老人のことさえも、想像してみることが出来ないのだ。逃げろとの声が聞こえない恐怖も理解出来ないのだ。

（岸田将幸「言葉は力そのものである」）

ゼロ年代詩人にとっては、震災さえも自慰の道具にすぎなかった。彼らが実存に目覚めることはなかった。断片のまま、怒ったふりをし、飛び跳ね、耳目をあつめただけだ。数え切れない同胞を失った私たちの言葉が、こんなものだとしたら、こんなもので死者の想いが代弁されるとしたら、私たちは何と虚しい詩的現実に生きていることか？

この国が自分に何をしてくれるかではなく
自分がこの国に何ができるか。

踏み出そう。
私たちの未来へ。

これは私たちの先祖が戦時中繰り返し聞かされたプロパガンダと、性質的に同一である。だから目指す方向も同一であろう。詩の思想的価値は、主題の選択によって決定されるのではない。言葉にかけられた主体性の重みによって決定されるのだ。このことは、その言葉が主体をかけるに値するか否かという、選択の問題でもある。二重の決定をとおして初めて、詩の方向性――すなわち思想的意味は生れる。それにしたがって、イメージは展開される。思想の貧困は抒情の貧困であり、逆もまた然りだ。流行歌的な「抒情」に溺れる伊武が、新たな情況に応じる新たなイメージを創出できないのは当然である。この抒情から生れてくる「詩」は、『辻詩集』[*7]の地点を一歩も越えることができない。

ゼロ年代詩と無関係の地平から立ち上がってきた言葉を紹介したい。辺見庸の詩は、震災詩のおぞましさとまるで縁のないところに屹立している。

どれかひとつだけ教えてほしい

わたしはまだ立っている
潜望鏡のように
三月の水は瞳孔のすぐ下まできている
さっきカヤネズミが横倒しにながれていった
虹彩をかするようにして
ガラスビーズの眼がわたしをちらりと見た
わたしはカヤネズミの眼に問うた
やつぎばやに
――洗われているのだろうか
――ながされているのだろうか
――壊されているのだろうか
――造られているのだろうか
――これは〈後〉なのだろうか
――これは〈前〉なのだろうか
カヤネズミはキキと笑って角膜のむこうにながれていった

ガラス体が水でいっぱいになった
世界は滲出させられていた

ゼロ年代詩人の戯言を「詩」と思い込まされてきた読者の意識を、一変させる衝撃力をもった言葉である。倫理の深さ、表現の鋭さ、一個の作品としての結晶度、どれを取っても比較にならない。この詩を読んだ後、和合の「詩」をあらためて見返してみよう。これがおなじ日本語で書かれたものかと、私たちは嘆息するしかないのだ。

未曾有の災禍に遭遇した私たちは、流され壊された言葉を探さねばならなかった。だが、和合の「詩」に飛びついた大衆はその努力を放棄し、偽りの抒情に精神を流され、壊された。世界に対応する言葉を見つけるのでなく、ただ上辺だけ「うつくしい」「気持ちいい」言葉で取り繕った。彼らは二重に被災したのだ。

さて、こういう反論がありうるだろう。和合の詩を読んで救われた被災者が、実際にいるではないか。お前は彼らを否定しようというのか。希望を胸に立ち上がった人々に唾を吐きかけようというのか、と。

然り、と私は答えよう。問題の所在をわかりやすくするため、一つの挿話を作ってみた。子を失った母がいる。彼女は、幼くして世を去った我が子を悼み、その命に見あう言葉をあたえたいと思った。しかし悲しみに思い乱れ、言葉は見つからなかった。

ある日、家に一匹の野良犬が迷い込んだ。淋しい日々を過ごしていた母は、思いがけない出会いを喜び、餌をやってともに暮らすことにした。

彼女は、野良犬の鳴き声や仕草に慰められている自分に気づいた。生命力が芽生え、心臓は新たな鼓動をきざみ始めた。

彼女は死児を忘れることにした。死児の霊を慰めることをやめた。新しい人生を犬と生きることにした。犬がはしゃぎ回り、死児の遺影に糞をしても、笑って許してやった。

死児の名は忘れられた。死児がかつて生きていたことは忘れられた。かつて悲しみの淵に沈んだ母は、いまやすっかり立ち直り、犬と一緒に愉しい新生活を営むのである。

もうわかるだろう。「死児」が震災の犠牲者であり、「母」が生き残った私たちであり、「野良犬」が和合亮一である。

和合亮一に「救われた」被災者諸子よ。「希望を胸に立ち上がった被災者」を擁護する詩人諸子よ。それなら問うが、死んだ者たちの怨みはどうなるのだ。言葉をあたえられることもなく無惨に命を奪われた者は何処へ行けばいいのだ。

死んだものはもう帰ってこない。
生きてるものは生きてることしか語らない。
（埴谷雄高「永久革命者の悲哀」）

結局生きている者は、死んだ者を搾取して生きている。死者に「ことばをあてがう」（辺見庸「眼の化野」）のでなく、ありきたりな抒情を絞り出す。それが「詩」として流通する。

消費される。そして悪貨は良貨を駆逐する。

彼（和合亮一）の中の詩はよく耐えました。震災に耐え、放射能汚染に耐え、詩人たちの嫉妬や誹謗や嘲笑に耐え、指の先の棘に耐え、廃炉まで四十年に耐え、狂った水平線に耐え、立ち入り禁止に耐え、誰も乗っていない特急列車に耐え、何億枚もすでに破棄した夜の橋の設計図に耐え、誰もいない福島、その静かな夜によく耐えてきましたね。（北川透「今年度の収穫」[*8]）

吉増剛造は『廃炉詩篇』に、「ダンテの『神曲』みたいなの」（!?）の「第一着手」（和合亮一との対談「四辻の棒杭、つぶやきの洞穴」）を見ている。藤井貞和によれば、『詩の礫』が「もし世に生まれていなかったら、現代詩はとんでもない敗北に陥っていた」（「眼で聴く、耳で視る」）のだ。これほどの英雄が、我が国にかつて存在しただろうか。

和合の出版物は、処女詩集から震災直前までの一三年間に八冊、震災後の五年間で一九冊である。[*9] これは英雄の声を、人々が希求している証拠である。

もちろん彼は、月光仮面のごとき無敵の存在ではない。その福島への想いは、あまりに純粋で繊細だ。そのため一時は失語の淵に陥ったほどである。

『廃炉詩篇』の帯文には、「震災後に一度は言葉を失った詩人が、礫の先にある光を目指して、いまこの世界を這い上がろうとする。自らと、そして世界に突きつける言葉の刃。

希望はあるのか、絶望しかないのか。詩の言葉の絶対を疑いながら、素手で掴みとった真実の詩。思潮社」とある。このことを知ってなお、感涙に咽ばない者は人間ではない！ところで和合は、震災の五日後には「Twitter への投稿を再開している。

震災に遭いました。避難所に居ましたが、落ち着いたので、仕事をするために戻りました。みなさんにいろいろとご心配をおかけいたしました。励ましをありがとうございました。

（『詩の礫』2011 年 3 月 16 日 4:23）

「一度は言葉を失った」というのは、避難所の数日間のことを指しているのかもしれない。やや拍子抜けだが、だからといって、英雄を玉座から引きずり下ろしていい理由にはならない。また彼は、じつに率直な証言を残している。

震災前、じつは自分の人生のなかで最も詩を書かなかった時期が二、三年つづいていたんです。

（インタビュー「人と地球にとるべき形を暗示せよ 「詩の礫」という場所から」）

失語は、震災の前にも英雄を襲っていたのだ！　何という不幸！　何という不屈！　和合亮一という詩人の純粋、高潔、偉大の証拠は、数えればきりがない！　それに対して、震災詩がおぞましいという証拠は何処にもない！　幼虫の詩学だと？　馬鹿な！　偉い人たちが口をそろえて英雄を讃美しているではないか！　さあ私たちも、現代詩の勝利を言祝ごう！

それとも――この嬉しさにみちた饗宴を、「無」と決めつけるのか？　酔いしれた「詩人」たちの瞳に、死者の想いはうつし出されていないと言うのか？　「単独者」気取りの多数派に別れを告げ、否、告げることもなく、何処かへ去るのか？

そうすることにしよう。だがその前に、宴がゼロ年代詩の精神から帰結されたものだということを、再確認しておこう。

ゼロ年代詩人は、三・一一を境に頽廃していったわけではない。ただその内面的荒廃が、堰を切ったように流れ出しただけのことだ。

死んでもいいし誰かを殺してもぼくはいいわけですよ。
（岸田将幸、シンポジウム「われわれは「以後」の現実を生きているのではない」）

ゼロ年代詩人は主体性を、抒情性を、思想性を、そして人間性を剥落させていった。空虚な自我には空虚な言葉が宿る。誰かを殺してもいい。ということは、「善」いことをしてもかまわないわけだ。

岸田は表面上、和合と対立した。だがそれは、より深い次元での和合だった。そのことについて説明しよう。

岸田や中尾太一やEXILE（！）は醜悪である。だがその醜さも、和合の前では霞む。両者は悪餓鬼と殺人鬼ほどの違いがある。ところで殺人鬼が登場したからといって、悪餓鬼が善人に変貌するわけではない。むしろ、悪餓鬼は悪人に成長する可能性が極めて高い。悪餓鬼が殺人鬼に、少し嫌な顔をしてみせたところで、何ほどの意味もない。「悪餓鬼」は「殺人鬼」の幼年時代なのだ。確かに岸田は、和合よりまともに見える。だがそれは、彼がまだ堕落しきっていないだけのことだ。人間性の喪失という暗闇に落ちまいと、必死に崖にすがりついている。ゼロ年代詩という崖に……どうせ脱出する方途はないのだから、落ちてもおなじことだ。むしろ落ちてしまった和合の方が、精神的に先んじているとさえ言える。

このおぞましい、それでいて甘い匂いの漂う「崖」に魅せられなかった私たちだけが、こう宣告することができる。ゼロ年代詩の最終形が震災詩である。ゼロ年代詩人は、みずからの手で「ほんとのこと」（吉本隆明「詩とはなにか」）を扼殺した。倫理を殺し、主体を殺し、言葉を殺し……もう生き残っているのは、彼一人ではないか。だがその手が、みずからの首に向かうことはなかった。その代わりに詩を書いた。自身の来歴も忘れ、人々の無惨な死を涙声で歌った。

歌声は繋がってゆく。岸田将幸も、中尾太一も、蜂飼耳も、見せかけの相違を超えて手を取りあうだろう。虚無と頽廃に明るくいろどられた道を、詩人たちはスキップする。崖を滑り落ちた先こそ、楽園だったのだ。

「無」の饗宴は終わらない。私は信ずる。この無惨な光景を、断崖から見下ろす者がいることを。これを一つの教えとして、彼が新たな抒情の領野へ向かってゆくことを。そのとき初めて、言葉が勝利することを。

＊1　野村喜和夫・城戸朱理・山田亮太の鼎談「曝される身体、消滅する主体」、そらしといろ「和合さんから、もらい泣き」から引用した。

＊2　『詩の礫』『詩の礫　起承転転』は、簡易投稿サイト「Twitter」に和合が書いた「詩」を纏めた本である。タイトルはなく、代わりに投稿日時が記載されている。

＊3　原稿が掲載された『現代詩手帖』二〇一三年七月号の編集後記によれば、「和合亮一氏との対話は、藤井氏が療養中のため、筆談というかたちで5月から6月にかけてメールによって交わされた」。「対談」でなく「筆談」と銘打たれているのはそのためである。

＊4　鼎談が掲載された『現代詩手帖』二〇一一年一二月号は、厚さが2・4センチもあるため、「びりびりと破った」というのは誇張と思われる。もっとも、和合が凄まじい怪力の持ち主である可能性も否定できない。

＊5　和合は二〇〇八年に、「頬」という震災詩を書いている（のち「頬——四川大地震に」と改題され、『黄金少年　ゴールデン・ボーイ』に収録）。

＊6　「私の詩句は飛び去るでしょう、やさしくそっと、／あなたの美しい庭をめざして、／もしも私の詩句に翼があれば、／鳥のように翼があれば。」（「〔私の詩句は飛び去るでしょう…〕」安藤元雄訳）

＊7　一九四三年、日本文学報国会編。

＊8　『現代詩手帖』二〇一三年一二月号のアンケートに答えたもの。

＊9　共著、編著含む。なお小冊子、楽譜等は除外した。

新たなる虚無へ　二〇一〇年代詩批判序説

ゼロ年代詩という一つの虚無を見てきた。この虚無を、私たちはどう処理すればいいのだろうか？　そのヒントを二〇一〇年代詩に見出すことができよう。彼らは正しくない。その歩みは虚無に始まり、虚無に終わる。ゼロ年代詩と異数の詩を夢見る私たちは、おなじ道を行かないだろう。けれどそのためにも、彼らのことを知っておく必要があるのだ。最後に私たちは、二〇一〇年代詩という現象を考察する。現在進行形の問題であるが、だからこそ現段階において見解を記しておく意義もあろう。

本稿では、森本孝徳、望月遊馬、そらしといろ、小林坩堝、最果タヒの作品を取り上げる。このなかには、二〇〇〇年代から活躍していた者もいる。彼らは正確にはゼロ年代詩人に分類されるべきかもしれない。だがゼロ年代が終焉したいま、二〇一〇年代詩の定義が必要なのだ。そのために、ゼロ年代詩と異なる形質を示しつつある彼らを、ゼロ年代詩の離脱者として捉えることが必要なのだ。
もっとも彼らの作品には、濃淡の差こそあれ、ゼロ年代詩の遺伝が感じられる。

> 凸柑を剥く　ぼくは和妻で閂を交う。
> 閑文字を湿したその森閑《しいん》とした清白《スズシロ》の水もヒトカガミで雨後
> 唆すの。ぼくの御迎えなら膕から先ポカリ、　ポカリ——爾《シカリ》。例えば鶵
> は鶵なりの古句に今も猶「蘖」を引く。訓ずれば水際だつた着想で翔
> んでみせる。いいか、　飛躍的にそこに蘖は在り）あした迎撃する耳な
> りの巣の幼妻を、殿《シンガリ》の怪が、どの本にも亡びたがりながら愁眉を開く
> のをよそに、中御門の閔に展翅してみせる。ぼくの御迎えにはあかる
> すぎる。
>
> （森本孝徳『零余子回報』三二頁）*1

この詩は、外山功雄の次元から一歩も出ていないようである。だが、決定的な違いを見逃してはならない。

外山の主体は、確かに溶けていた。外界に自我が溶けてゆく事態を、溶けながら表現していた。それは何の意味もない行為であったが、とりあえず行為はなされたのだ。

森本のケースはまったく異なる。確かに言語の分裂病化、主体の無化は徹底されている。もはやこの領域に、人間は侵入できないだろう。ところで、そこに森本（の断片）は存在しないのだ。文字や歴史を弄びながら、その虚無のなかへ入ってゆくことはしない。なぜなら「御迎えにはあかるすぎる」から。

かつて外山は、崩れゆく自己をただそのままに記述した。惨状の根源を直視することも、断片となった自我を抒情の力で接着することも放棄し、へらへら笑いながら崩壊していった。そこに主体はなかった。だが、残骸はあったのだ。そこから、ありうべき主体性のヒントを探すことも、私たちはできた。換言すれば、外山や小笠原鳥類でさえ、まだ主体の光芒は幽かに残っていたのだ。

森本において、世界と自我の混融は、ただ演じられるだけだ。思想も抒情もないから、言葉遊びに興ずる。

小諍いの文をとり　かえしたものだ　（五九頁）

ひとは　一溜まりもなかつた。揮発しかけた身上話もきいた。またひそかにめくりかえす文藝。

欄外のひろくもない舗装路の脇で猫の舌《ラングドシヤ》が歯応えをかいたまま砕ける。みちの句には寒いが、

もじずりは誰故に謄写されよう。（同）

ここに、森本の方法は端的に示されている。「小諍いの文」を取り返す。「身上話」を聞く。「文藝」をめくる。「もじずり」が誰のために「謄写」されるのか疑問をもつ。これらの詩句は何を意味するるか？「物語」と「詩」の一歩手前に立ち止まるということだ。「ひとのよさそうな文字」（同）を選ぶこと、川路柳虹の詩集を買ってほしいとねだること（七七頁）、一方「語義」は「ひた隠し」（五六頁）にすること。「言葉の世界」に立ち入らないこと、言葉を外部から弄ぶこと。この方法から、いかなる詩が帰結されるか？「書字障害者」（五八頁）の詩が——否、言語障害を、頽廃的な遊びとして享受する詩が現前する。

稲川方人や平出隆の詩は、「抵抗物を言葉でつくりあげて意味の流れを堰きとめ」（吉本隆明『マス・イメージ論』）ることで成立していた。だがここでは、言葉そのものが抵抗物となっているのだ。

巨大な土塊と化した言葉を前にして、何かが問われることはない。反対に、問いを隠蔽する。「註を（略）襲う」（四三頁）。「暦さえ読めない」（三九頁）。一つの惨劇でしかなくなった言葉を解釈する試み（「註」）も、歴史的に意味づけようとする意志（「暦」）も否定される。

ゼロ年代詩によって始められた言語破壊を、森本は極限まで推し進めた。それは、世界と自己を灰燼に帰すことではなかった。森本自身に危機は訪れなかった。彼は言葉から主体を遠ざける。何処までも安楽な場所にみずからを置く。そこで言葉は、「障害者」の遊戯になる。

森本の作は、外山功雄・岸田将幸・小笠原鳥類の系を受け継ぐものだ。一方その態度は、中尾太一・白鳥央堂に似ている。歴史さえ「戯れ」の対象とする様は蜂飼耳を思わせるし、その倫理的頽廃は和合亮一に引けを取らない。二〇一〇年代詩批判の冒頭にふさわしい「詩人」と言えよう。

主体喪失という劇は、言葉で再生される。俳優も観客もいない舞台では、いかなる無惨な事象も玩具なのだ。言葉の混濁さえも、一つの筋書きなのだ。

こうして奈落は埋め立てられる。水平化した奈落で、二〇一〇年代詩人は「天につばして踊った」（吉本隆明「前世代の詩人たち——壺井・岡本の評価について——」）。主体はあらかじめ存在しないから、喪失の絶望もないのだ。

サイバネティックス人[*2]は悲劇的でもなく喜劇的でもない。彼は滑稽なのである。
（ルフェーヴル『ひとつの立場』白井健三郎訳）

喜劇性さえ喪失した詩人たちは、何処へ向かってゆくだろうか？　つづいて、望月遊馬・そらしといろの作品を見てみよう。

わたしという語とは異なるところで、あなたという語が引き裂かれるとき、あなたは正義や約束といった映画のなかの言葉に恋をして、恋愛という町の出来ごとのなかで男の子と女の子の下着のちがいについて話している。だからあなたの雨がわたしを濡らさないように、わたしの雨はあなたの部分に降りこまない。

（望月遊馬「神様」）

彼ら

そういう呼び名の存在へ
繋がる門で沈黙する赤錆

飽和する女子から浮上した
男子たち似通う体温同士の
心地よさ無遠慮に掴み合う
骨の硬さ肉の薄さ手首の脈

（そらしといろ「餞」）

前者はマンガ「テニスの王子様」の影響下に、後者は「BL詩」[*3]という枠組みのもとに書かれた。この自在さは、ゼロ年代詩から直接に帰結されたものだろうか？　然り。

彼らの詩は森本と等しく、ゼロ年代詩の正系である。だがその見かけは大きく異なっている。開いた扇子の両端のように、二つは逆の場所にいる。つまり扇子を閉じれば、重なりあうのだ。扇子の骨は資本主義でできている。紙は構造主義でできている。いままでの考察にあてはめると、森本は分裂病的言語の系に、望月・そらしは七〇年代詩の系に属するように見える。だが二〇一〇年代詩を、ゼロ年代詩の単なる延長として把握するのは間違っている。確かに彼らはその遺伝子を受け継いだ。だがそこには変異原があった。それは、意識産業の完成という事象である。

そのことの意味を知るために、小林坩堝の詩を見なければならないだろう。

【宛名のない手紙――常に差出人は不明だ。大抵、愛に就いて語られているが、口には出来ないから文字にするのです、と注釈が附いている。或いは、触れられないから覗くのです。恐怖と快楽の合一したところに、それはあるのです……ポストが赤いのは、突っ立っている、突っ込まれる、その羞恥に官能しているからです、手紙は暴力ですテロルです時限装置つきの爆弾です、あなた、はいますか、ぼく、は、差出人不明】さあ、ぼくを縛ってください。ぼくは顔を喪いました。ぼくはあなたにもなれる、あなたの隣人にも、恋人にも、なれる。割れば破片が、皮膚をやぶいてそこからなにか思い出のようなものが滴るでしょう。ぼくのことを視ています。

（「ぼくのことを視ています」）

薄弱な自己表出に、「思想」や「反体制」のスパイスを振りかけただけのように見える。この印象が誤りであることを、私たちはやがて知るだろう。詩集『でらしね』は、叛逆者の影と混沌への郷愁が全篇を貫き、特異な作品世界を創出している。集中にあらわれる、〈現在〉にそぐわない単語を抽出しよう。

幻燈、裸電球、国家、革命、昭和、疎外、われわれ、斬首、シアン化カリウム（青酸カリ）、焼けた旗、さまざまの色に染め抜かれた旗、歴史、モノクロの写真、狼煙、パルチザン、爆弾、火炎瓶、焼け焦げた旗、大きな地震が関東平野を襲った、権力、黒旗、広場、扇動、テロル、飢餓、地中深くの死屍累々、オリンピック、花売りの少女、永山則夫、汽笛、ランタン、死ぬのはいつも他人ばかり

小林は、黒田喜夫、高橋和巳、桐山襲といった革命の殉教者に憧れを抱いているようだ。革命思想でなく、その精神の純潔さ、反時代的な高貴さに。そこに共同幻想の彼方にあるものを、「ぷらす」でなく「まいなす」（谷川雁「人間A」）の主体の根拠を探しているかのようだ。それは過去への遡行であると同時に、反時代的人間を意志することでもある。したがって小林は、「周回おくれ」（「左岸の踊り子によろしく」）だという感覚を、二重の意味でもたざるをえない。

冷たくなった指をすり合わせ、
暗い革命を想う。
ぎんいろの、あのてらてら照っているものはなんだろう。

※年号、昭和
おれは
走り去って往く行列の
その最後尾につくことも許されないのだ
と。

（「ヒカ」）

それにしても、この詩は森本にも、望月・そらしにも欠けていたものがありそうではないか。思想が、歴史が、「自分だけでおこなう革命」（埴谷雄高『死霊』）への道が、模索されているようではないか。実際に表現されているものが、思想の不在であり、歴史の不在であり、革命の不在だとしてもである。

戦後七十年。いまその意味を問い直すときに、戦後が分断される時代の抒情にこだわり続け、書き続けた桐山の営為は、リレーされるべき「精神のバトン」として再発見されるはずだ。（「抒情がそれを語り出すとき　桐山襲の「戦後」」）

その詩行をまえにして、黒田（喜夫）が「これがぼくの兇器だ」といった不格好な藁打棒の重みを、わたしたちは自らの「飢えた子供」の為めにふりあげる腕の緊張のうちに感じとるだろう。戦後七十年を超え、いったん断たれた時代への共感可能性は、そのようにして、いまこそ新たな共振として現出してくるものであると、わたしはいいたい。（「「彼方」から響くもの　わたしたちは圧倒的に飢えている」）

中学生レベルの作文であるが、言いたいことはわかる。そしてわかるだけだ。パズルのピースのように、欠け落ちていった私たちの主体を補完するものは何か？　補完物が見つからなかったとき、私たちはいかにしてこの生に耐えるのか？　革命を、近代を主題にするのなら、この問いが発せられなければならなかった。

吉本隆明の答えは、恐らくつぎのものだった。実存という剣を捨て、構造という盾をかまえること。そして時を待つこと——この困難な戦術の名前は「自立」である。「超資本主義」という惨劇のなかで、ときに吉本が「反動的」に見えることがある。だが、それは錯覚である。彼はもっとも重い課題を負ったのだ。この闘争を片方に置かず、黒田喜夫を称揚することは、現代詩史の意味を歪めてしまう（逆もまた然りである）。

こうした視点が欠けているため、小林の詩的想像力は滑稽なものとならざるをえない。滑稽さをグロテスクネスで補おうとしても、無駄である。

「これでは、これではまるで歴史よ。魔子は歴史にはなりたくない、決して、歴史になってはいけない。あたしは反復されるのではないの、魔子はその時どきに、死んでは蘇り、蘇っては死に、その間断の裡に生きる時限装置よ。生き乍ら、死んで在ること、自己にすら縛られぬ血まみれの魔子、それが……」

（「魔子——革命的自律式転覆時限装置、或いは血みどろ快楽球体関節人形に就いて」）

魔子と名づけられた人形は、ゼロ年代詩という不気味な母胎（八二〜八四頁参照）から生れてきたとしか思えない。こんなものに革命の幻想を託しても、マンガ的なストーリーが紡がれるだけだろう。

風の如く駆けていったパルチザンたちは、遂に戻り道を辿ることなく、街の暗いところへ散り散りになった。（略）爆弾にはじまり、爆弾に終わる。そしていま、畳敷きのその下から、赤茶けた匂いを立ち昇らせて、硝煙があがる。黒衣をまとった老婆のような少女が独り、路地に佇んでいる。終わりからはじめる為めの孤立無援。数多の弔い人に「否！」を。愛した面影に薔薇を。

（同）

魔子は火炎瓶を振りあげ、投げつけた。すこしの拘りもないふうに、次つぎ投擲する。夜の街路に炎があがり、すぐに消えた。投げ終えると、魔子はちいさく溜息をついた。

（「叙景——黒く塗り潰された「われわれ」の為めの」）

また詩集には、「歩く」「駆ける」「往く」という語が頻出する。小林は「歩行」を、「歴史」や「記録」に代わる概念にしたいようだ。〈現在〉は空虚であり、意味も目的もここにはない。ここでない何処かにも、やはり空虚をみたすものはないだろう。境界を創出することもできないだろう。そのとき人は、滞留するか歩行するしかない。小林の歩行は、滞留への拒絶である。だがそれは、無知への居直りに近いものであるので、結局自動人形の歩みにならざるをえない。

聴き取れない街の名前を聴く、聴き取れない名前の街へ、草臥れて去ってゆく（略）なにもないから、転倒するのだ。

（「パースペクティヴ・パラノイア」）

最初に受けた印象を訂正しよう。病的な自我があって、それに「黒旗」「パルチザン」の幻影が纏わりついているのではない。自我は何処にもなくて、幻影だけがある。幻影を選び取る根拠としての記憶や「オモイデ」（「機械」）が稀薄なのだから、幻影は他のものでもよかったのだ。

小林の存在は、望月・そらしの意味を明らかにし、また森本の作を補完する。彼女の詩はつぎの事実を示唆する。すなわち思想も、歴史も、言葉そのものさえも断片化され、玩具にされたということだ。

私たちの主体は断片化され、しかも断片は奈落に落ちていった。私たちは新たな主体を創出しなければならなかった。しかし二〇一〇年代詩人は他の断片を手にし、それで遊んだのだ。あてはまるはずのないピースを手に、パズルの前で笑顔を浮かべる彼らに、言葉の未来を託すわけにはゆかない。

二〇一〇年代詩は、望月・そらしらによる「マンガの思想化・抒情化」と、森本・小林らによる「思想・抒情のマンガ化」を両輪として出発した。虚無から始まったその営為は虚無に終わる。マンガが思想として、抒情として受感されることは何を意味するか？　思想や抒情がマンガ化されるということだ。

望月・そらしの軽薄な詩と、森本・小林の一見重厚な詩が、同時期に花開いたのは偶然でなかった。虚無は詩化され、詩は虚無へと投げ込まれるのだ。小林の語る桐山襲や埴谷雄高は、まるでマンガのように消費される記号にすぎない。そこから生きるに値する生を引き出しているわけではない。望月やそらしが嬉しそうに言う「幽☆遊☆白書」「刀剣乱舞」[*4]は、すでに一つの思想である。それは単なる消費の対象でなく、抒情の源泉と化している。

意識産業がついに意識の収奪を終え、人間性を完全に取り込んだ事態を、二〇一〇年代詩は鋭く表現して（させられて）いる。人間ともっとも遠く隔たったところにある資本が、ここでは詩的核心になる。

ところで、そうして選ばされる主題はどんなものだろうか？　空虚になった主体は、いかなるイメージに飛びつくのだろうか？　森本、望月、そらし、小林の詩的表現の、ある意味で最終的な帰結を、最果タヒに見ることができる。

詩画集『空が分裂する』には四一篇の詩が掲載されているが、興味深いことに、そのなかで「死」という語は一二〇回登場する。[*5]

明日の食費のことだけを考えれば自尊心が傷つくから、死と生の話で時間をごましつづけていた。

いつも、空というものをあいまいに定義して、なんでも空と呼んでいたらいいような気がしているよ。殺人も、恋も、すべて空と呼べばいいように思えていた。（「永遠」）

しぬことをやめたら、ぼくらになにがのこるのか。だからしぬの？　いつかしぬの、月は満月、金星がもうすぐくる、火星、木星、土星、よぞらからもぎとって、透明の中にたくわえ、ぼくは透明、じぶんのなまえをしらない、どこのだれかもしらない、なんにもなーい「わーい」　　（「ミッドナイト夜」）

二〇一〇年代詩人は、ゼロ年代詩人から不在という贈り物を受け取った。そして、それを徹底化した。思想も主体も灰と化した。にもかかわらず詩を書かなければならないとしたら、いったいどうしたらいいのか。感情を喚起する道具として、思想の冒険も主体の動揺も使えないのだ。もはや死という動物的事象しかないではないか（死が一つの物語として描かれることはない。それに百回以上反復される死は、もはや人間の死ではない）。最果タヒにおいて、二〇一〇年代詩はその最後の頽落――動物化を遂げたのだ。一見異なる相貌の五人の詩人は、じつは〈現在〉という多面体の一面にすぎなかった。言葉（森本）も、思想（小林）も、死（最果）も失墜する。一方、マンガやアニメ（望月・そらし）は上昇する。

この世界に誰が存在しうるのか？　抒情詩人がいるのではない。抒情にまで高められた資本があって、相対する詩人は虚無そのものになる。この悪夢に終わりはない。彼らは悪夢さえ獏のように喰らい、詩として排出する。

白い紙片で指を切る、流れるものは、チ、ではない、ましてや、ナミダ、である筈もない、痛みは痛みとして拡大再生産され、キャッチコピーが彩る欲望のなかに消費されてお終い、お終い。
（「パースペクティヴ・パラノイア」）

こうして、現代詩という事象そのものが一つの悪夢になる。それは意識産業の反映であり、それ以上にはなりえない。意識産業にとって現代詩は、味方として数え入れるに値しないだろうから。

詩は始原にも未来にも向かってゆかず、ただ断片として降りしきる。それを美や思想として受け取った瞬間、私たちの主体性は終わる。私たちはこれを終雪にしなければならない。だがその後は？　ふたたび構造の春がやってくるのではないか？　もう二度と実存が蘇ることはないのではないか？　無の祝祭が永久につづくのではないか？

ぼくたちは肉体をなくして意志だけで生きてゐる
（吉本隆明「絶望から苛酷へ」）

だがいま、意志をなくして肉体を得た人間が闊歩しているではないか？　サイバネティックス人が、ゼロ年代詩人が、二〇一〇年代詩人が生き生きとしているではないか？　言葉には意味も目的もないではないか？

こんなところで、私たちは何をしているのか？　意識産業の凱歌を聴いているのだ。この場所が生きるに値しないということを、確認しているのだ。人間の人間性が剥奪され、詩の原像はもはや目視できないほど遠く、サイバネティックス人はますます繁殖し……その上彼らが、我こそは「単独者」とでも言いたげな顔をしているのは、まったく笑えないではないか。

ダサくてもいま話し出すこと自体が、実は革命的でもあるはずですよね。状況に対してかつてはそうでなかったものが、いまに至ってそれが革命的になることだってありうる。

（小林坩堝、岸田将幸との対談「事後の生、歩み出す「文」」）

私は「作品」を作らなければならなくて、そうでなければどこにも存在できないと、ずっと危機感を抱いてきた。（略）仲間と、同じ感情、同じ言葉を共有しあい、わかるよ、わかるよ、わかるよ、と鳴き声のように発し続けることが、「平凡な日常」なのだろうか？　その人たちはその共感の過程で自我を切り捨てることがなかったのだろうか？　だれもが共有し合える感情しか持たない人間なんて、そこにいなくてもいい。みんな同じなら、たくさんいなくても、一人いればいいのだ。

（『空が分裂する』あとがき）

無論詩が「たやすく」書けることなど誰もが知るところで、これを棚上げにしたまま詩の「無力」とやらを自己同一性の根拠として名乗りをあげる主体がある。また「人生」との齟齬に見出されるものが「詩」の「たやすさ」なら、その径庭に対する応答として技術は要請されるが、これを詩的遊戯の契機と誤認《すりかえ》し、詩人の共同性を開きたがる主体もまたある。無惨なことと思う。

（森本孝徳「詩＝文《ぼくときみ》の不可逆」）

何たる無知！　何たる軽薄！　何たる不遜！　しかし私たちは、もはや怒らないだろう。ただスターリンのように、余白に笑い声を記すだけだ。[*6]

二〇一〇年代詩人は、小さな火を焚いた。そのなかに言葉を投げ込んだ。そしてゼロ年代詩人と手を取りあい、現代詩の死を讃える輪舞を踊った。

もちろん燃やされたのは、彼ら自身の心だった。私たちの使命は、ちっぽけな焚き火を消すことでなく、ガソリンを注ぐことではないのか？

卑小な人間を焼き滅ぼす炎。その圧倒的な光りを頼りに、私たちは本当の美を、本当の詩を探すだろう。

抒情は〈始原〉から降りしきる。しかも抒情は新たな〈始原〉を創出する。そのとき私たちは〈神話〉を得る。いつか私たちは、「神話に使える」言葉を生み出すだろう。そして、一切の神話の根源に辿りつくだろう。〈始原〉の〈始原〉を、「真理の真理」（アルチュセール「G・W・F・ヘーゲルの思考における内容について」市田良彦・福井和美訳）を見出すだろう。それは詩によってしか成し遂げられないことだろう。

この希いを言葉に、言葉で告げて、本書を終えねばならない。

＊1　この詩集は目次の書き方が曖昧で、何処から何処までが一篇の詩であるかわからない。そのため、タイトルの代わりに頁数を記す。

＊2 「制定され、制度化され、機能化され、構造化された人間」のこと。ゼロ年代詩人と二〇一〇年代詩人は、詩的サイバネティックス人であると考えられる。

＊3 BLとはボーイズラブの略である。ボーイズラブとは「女性による女性のための男性同士の恋愛物語」（藤本純子「女が男×男を愛するとき　やおい的欲望論・試論」）のことである。

＊4 それぞれ、マンガとゲームのタイトルである。

＊5 「死んだ」「死ぬ」「しねばいいのに」といったものを数えた。一二〇個のうち二〇個は「死後」「死体」「死んだふり」といった熟語である。なお「自殺」「ほろび」「壊れた」のように、死を意味する語、暗示する語を入れた場合の総計は、三四七個である。

＊6 スターリンの読書について、ロイ・メドヴェージェフはつぎのように報告している。「トルストイの『復活』を読み、ネフリュードフ公爵が、もし人々が山上の垂訓を遵守すれば、地上に神の国が到来することに思いをいたす場面で、余白に「ハッハッ」と書き入れている。トルストイが自然界の調和と社会の不調和について触れているところには赤鉛筆で何度も「ハッハッ」と書き込んでいる」（『知られざるスターリン』久保英雄訳）。

あとがき

なぜゼロ年代詩かという問いに、答えておかねばならないだろう。言葉の凌辱者は他にもいるはずだ。『水鏡』に語られる悲劇の姫のように、言葉は「千人」もの人々に辱められている。*そして私たちが辿りついたときには、「むくろとなって、冷えて」（坂口安吾「道鏡」）いるのだ。

なぜゼロ年代詩人を狙い撃ちにするのか、それは他の凌辱者を利するだけではないのか？　――これはもっともな疑問である。

確かに私は、もっとも卑しい、穢い、それでいて一見優しそうな顔立ちをした者を引っ捕らえ、殴りつけただけだった。その間、忌まわしい行為は続行されていたのに！　だが私が間違っていたとは思わない。ここで終わるつもりはないからだ。

こんな者がいる。『命が危ない　311人詩集――いま共にふみだすために――』（コールサック社）。三・一一という日付は人数に置き換えられ、彼らから「参加費」が徴収され、「良心的」なアンソロジーのできあがり——かかる所業のおぞましさを、何と表現したらいいだろうか？　一つ言えるのは、ここで起きているのがゼロ年代詩とまったくおなじ現象——すなわち言葉の凌辱であるということだ。

その弟を打倒した私は、つぎは兄と闘わねばならないだろうか？　だがそのことに、いまの私は消極的である。弟（震災詩）を撃ち、兄（反戦詩）を撃ち、兄の兄（戦争詩）を撃ち……こうした遡行は、一つの誤謬としか思えない。私たちは、その父をこそ撃たねばならないのではないか。

ゼロ年代詩の父は誰か。ポストモダニズムである。実存を、歴史を捨て去り、「差異」と「表象」の戯れに興ずる人々である。

私はゼロ年代詩を殺害したのと、おなじ武器と方法で、彼らの父を殺しにゆこう。絶えず再生産される虚無の、その根源を打ち砕き、新たな〈始原〉を現前させよう。本書はその一里塚である。

「夢と戦争」は『詩と思想』二〇一六年四～七月号に掲載された。他は未発表作である。「ゼロ年代詩」という現象を根源的に解読すること。そして詩の行方を、詩的主体の在り処を探ること——本書は、この課題を負った論考だけをあつめた。詩のふりをしているものが、じつは精神の残骸であったことを私は示した。ここにゼロ年代詩の死と、新たな詩の出発を告げる。

最後に、未知谷への橋渡しをしてくださったみやこうせい様、同社社長の飯島徹様に、心から感謝申し上げます。

＊「むすめおわしき。色かたちめでたく、世にならぶ人なかりき。（略）父の大臣討取られし日、みかたの軍千人悉くにこの人をおかしてき。相はおそろしき事にぞ侍る」

二〇一六年九月

山下洪文

やましたこうぶん

1988年、岩手県生まれ。2013年、詩集『僕が妊婦だったなら』（土曜美術社出版販売）刊行。現在、日本大学大学院芸術学研究科博士後期課程在籍。

夢《ゆめ》と戦争《せんそう》

「ゼロ年代詩」批判序説

2016年 9 月26日印刷
2016年10月19日発行

著者　山下洪文
発行者　飯島徹
発行所　未知谷
東京都千代田区猿楽町2丁目5-9　〒101-0064
Tel. 03-5281-3751 / Fax. 03-5281-3752
［振替］　00130-4-653627
組版　柏木薫
印刷所　ディグ
製本所　難波製本

Publisher Michitani Co. Ltd., Tokyo
Printed in Japan
ISBN978-4-89642-511-6　C0095